新視野74

BlackJack算牌日記

算牌手與Casino的戰爭

老搖 | 著

高寶書版集團

NW 新視野 074

BJ算牌日記　　算牌手與Casino的戰爭

作　　者：老　搖
總 編 輯：林秀禎
編　　輯：李國祥
校　　對：李國祥
出 版 者：英屬維京群島商高寶國際有限公司台灣分公司
　　　　　Global Group Holdings, Ltd.
地　　址：台北市內湖區洲子街88號3樓
網　　址：gobooks.com.tw
電　　話：(02) 27992788
E-mail：readers@gobooks.com.tw（讀者服務部）
　　　　　pr@gobooks.com.tw（公關諮詢部）
電　　傳：出版部 (02) 27990909　　行銷部 (02) 27993088
郵政劃撥：19394552
戶　　名：英屬維京群島商高寶國際有限公司台灣分公司
發　　行：希代多媒體書版股份有限公司/Printed in Taiwan
初版日期：2008 年12月

國家圖書館出版品預行編目資料

BJ算牌日記：算牌手與Casino的戰爭/老搖著 -- 初
　版. -- 臺北市：高寶國際, 2008 [民97].12
　　面；　公分. --（新視野；NW074）

ISBN 978-986-185-247-8(平裝)

857. 7　　　　　　　　　　　　　　　　97021019

Black Jack 算牌日記

1

　　這是一篇練筆之作。我總喜歡在寫一部長篇小說之前，到賭場去玩一圈。一來是去贏點小錢，先弄幾捆綠油油的美金給我長點自信，使我寫起來上不怕讀者，中不怕評論家，下不怕審查官，愛怎麼寫就怎麼寫。二來賭場是個好地方，在淫奢靡費的富麗堂皇中，進行著赤裸裸的人性大展覽，什麼人生百態都可以看見，多麼稀奇古怪的故事都可能發生。

　　中國作家一開會就去那些什麼名勝陶冶什麼情操，可謂沒勁之尤，我建議他們下次國內開會去澳門，國外開會去拉斯維加斯，庶幾為文學之正道。三來我在寫作時常苦困於敘述的問題，去過賭場後，把那些五花八門的事情拿來練練筆，也正可以幫助找到自己的敘述風格。比如我現在準備要寫的長篇小說叫《食色

性也》，一聽這題目你就知道它是講人之大欲的，那下面我就應該先來講一個賭場豔遇的故事。

　　那是一個春天的晚上——「春天」和「晚上」這兩個詞也許會讓你立刻浮想聯翩，想起萬物回春、花前月下，想起春意盎然、暖風習習，想起月光朦朧、春心蕩漾。這麼想的人一定沒有去過賭場。賭場內沒有季節，也沒有晝夜，永遠是恆定的室溫、通明的燈火，沒有樹枝在滋滋發芽，只有老虎機在噹噹作響，沒有蟋蟀在瞿瞿求偶，只有賭徒在絲絲下注。

　　那個春天的晚上，我已經全神貫注地算了三個多小時牌，贏了五百多塊錢，後來牌勢開始變壞，平均點數達到負三，我決定這一輪就此罷手，這才發現右邊坐著一個漂亮女郎，而她丈夫正起身準備離去。

　　「Honey，你不要催我了。你先上去嘛，我現在手氣正旺，再玩幾輪，馬上就來了。你別煩了，我又不會出事。」她心不在焉地對他說，依然緊盯著她的牌。十六點，莊家的牌面是十點，她喃喃自語：「要還是不要？」我從側面看見她有一頭柔順的金色長髮，亮綠色的吊帶裝下露出大半個乳房和深深的乳溝，塗著蔻紅指甲油的右手食指懸在空中，想點下去又有些猶豫。我心裡一動，對她說：「妳該要。」

　　她扭過臉來：「你肯定嗎？」我聞到一股酒氣，同時眼睛

一亮。她五官嫵媚，兩頰潮紅，讓我想起了《愛情，不用翻譯》（*Lost in Translation*）裡的史嘉蕊‧喬韓森。她在電影裡總是只穿著內褲走來走去，我很想知道這個女人的大腿是不是也那麼漂亮。

我直視著她淺藍色的眼睛說：「當然了。十六點對莊家的10，絕對應該再要牌。」在她回過頭的一瞬間，我眼光往下一瞟，看見她穿著一條黑色褲子，將腿包裹得嚴嚴實實，只能看見吊帶裝下露出的雪白腰身。

她長長地吸了一口氣，對發牌員點了點手指，說：「Hit me.」然後屏住呼吸，看著發牌員翻出下一張牌。

是個4，她的牌正好二十點。「Yes！」她興奮地轉過身來與我擊掌相慶，又扭頭去看她的丈夫，卻發現他走開好遠了。已是凌晨一點，也難怪他撐不住了。她卻被賭博刺激得依然興奮，緊盯著發牌員翻開底牌，是個5。她用手虛點著牌盒，反覆念叨著：「10，10！」

發牌員是個中年發福的男人，胸牌上寫著「詹姆斯」。他將下一張牌拿在手裡瞥了一眼，對她搖了搖頭，說：「對不起，寶貝，不是10。」

她失望地說：「6？我就知道，你拿二十點時，莊家一定拿二十一點。」

　　詹姆斯又搖了搖頭，說：「不對，」然後將牌攤開，大笑著說：「是個8！二十三點，莊家爆掉！」

　　整臺桌子上的人都歡呼起來。她高興地再次伸掌與我一擊，又扔出一塊白色籌碼的小費給詹姆斯：「你是我的幸運發牌員！」詹姆斯笑著說：「樂於效勞。」給大家一一付錢。她拿起杯子來要喝，才發現裡面已經空了，我看見旁邊有個女侍，便高聲將她叫了過來：「這位女士需要些飲料。」

　　她點了一杯雞尾酒，然後對我說：「謝謝。哦，」她伸出手來，「我叫珍妮。」我握住她的手，微微點頭說：「老搖。很高興認識妳。」她說：「我也是。」

　　新的一局牌已經發下來了，我現在不再算牌，放的是最小賭注，這種情況我閉著眼睛也能玩，就繼續指導她。這個喝得半醉的金髮女郎把遊蕩在各桌之間的桌面經理也吸引來了，站在我們這桌的對面，有一搭沒一搭地和她扯話，和詹姆斯一起不時偷瞟一眼她大方敞開的酥胸。

　　我們的運氣也不錯，贏多輸少，每次贏了後她都會和我擊掌相慶。這杯酒快喝完時，她在我的催促下心驚膽戰地連續分牌、加倍，最後一下子贏了四倍的注。她開心地一把抱住我，在我臉上親了一口：「親愛的，你一定是世上最厲害的二十一點高手！」

　　我早已把椅子移得緊靠著她，她這一抱過來，一雙豐乳都壓在我的右臂上。我伸手在她光滑的背上輕輕撫摸，手臂隔著一層布料摩擦著她柔軟的乳房。我知道她沒有戴胸罩，同時回吻了她一下：「不，honey，妳才是今天最幸運的玩家，也是今晚最美麗的女士！」

　　她咯咯地笑了起來。從那以後，她就一直半趴在我身上，又喝了兩杯酒，玩牌完全聽我指揮了。當然我也不辱使命，三盒牌下來，幫她贏了一百多塊錢。後來我們這桌換來個新的發牌員，她連輸了三把，我看她也漸漸困頓了，便說：「寶貝，看來風水要轉了，我們走吧。」

　　她撒嬌似地說：「不，我還要再玩一會兒，我的運氣正旺呢……」

　　我站了起來，拍拍她的肩頭：「還是見好就收吧，今天已經贏了不少了──反正妳不走我走了！」

　　她這才不情願地站起來，卻又一個踉蹌坐下了。我伸手將她扶起，她順勢靠在我身上，我伸臂摟住她的肩。發牌員把我們的籌碼都換了，她把大籌碼裝入皮包，隨手扔出三個小籌碼做小費，歪歪扭扭地和我一起穿過賭場大廳，走到電梯門口。途中有幾個男人像向日葵般地轉頭向她張望，我輕輕地摩挲著她的肩膀，按捺著下面強烈的衝動，只是慢慢地將手移到她的腰。

　　電梯門一關，我就吻上她潮溼的嘴脣。她閉著眼睛，兩臂緊抱著我，乳房在我胸前不安分地磨蹭，嘴裡嗯吶著熱烈回吻。我沒有問她住哪個房間，她也沒有說。我將她帶到我的房間，房門一開，她直接先進了浴室，連浴室門都沒有關。我關掉大燈，將床頭燈的光線調柔和，脫掉衣服躺在床上，聽著浴室那邊的淅瀝聲，然後聽見她走入房間，一下子撲在我身上。

　　我微微抬起身，立刻就看見她渾圓的臀部和修長的雙腿，雪也似地完全暴露在曖昧的燈光下。原來她將褲子褪在浴室後就這麼光著下身走進來了。這下刺激得我再也按捺不住壓制已久的衝動，解開她背後的吊帶裝扣子，將她翻過身來，壓了上去。她先是咯咯地笑著，後來便隨著我的動作而狂野起來。

　　做完愛後，她很快就沉沉睡去，我則重新來欣賞她凹凸有致的曼妙曲線，和縷縷金髮下美麗潮紅的臉龐。我將她側躺過來，上身蓋上白色被單，金髮拉出散落在外，退後幾步坐在沙發上，看著她白色被單下翹起的臀部，與反射著柔和色澤的雙腿。

　　金髮女郎最撩人的裝束，就是著白衫露大腿，純潔而又性感，靜謐而又誘惑，比如瑪麗蓮・夢露那張風從下面吹起白裙的經典造型，比如《金剛》裡的那個穿著白色連衣短裙的金髮美人亮腿狂奔，又比如*Lost in Translation*裡那個美貌曠婦總是只穿白色內褲躺在床上，正是我現在把珍妮擺成的姿勢。因此我沒看

她多久，下面就又躍躍欲試起來了。

我捨不得破壞她現在的姿勢，就從後面挺了進去。我小心翼翼地抽動了一下，忽然想起了《賣花女》（Pygmalion），不過好在色欲還沒有沖昏我的理智，我馬上搖頭打消了這個無恥念頭，俯身握住她的乳房，開始專心享受。

第二天下午，當我坐在一張賭桌上算牌時，珍妮帶著她丈夫忽然出現在我面前。她穿著一條藍底白花連衣裙，金髮在腦後紮成馬尾巴，手裡拖著一個小行李箱，看上去乾淨精練，和昨晚已經判若兩人。「嗨！」她大老遠地就向我打招呼。

我站起來回答說：「嗨，珍妮！你們是要離開嗎？」

「是的，」然後她介紹說：「這是我丈夫湯姆。湯姆，這就是我跟你說的那個二十一點高手……呃，那個……」

「傑瑞，」我順口說，和湯姆握了一下手，「很高興認識你。」

「啊，對，傑瑞！」珍妮笑著對湯姆說，「他昨晚幫我贏了三百多塊錢呢！」

謙虛是中國人所特有的美德，所以我立刻說：「哪裡！是妳自己運氣好！妳應該留在這裡再贏上他媽的幾千塊再走！」

珍妮咯咯地笑了起來：「是啊！我也這樣想！可惜我們的機票已經訂好了，我們下面要去夏威夷！」

「哦？你們……」我猜測說，「你們是去度蜜月吧？」

「對啊，」她笑盈盈地說，「我們大前天剛在這裡登記結婚！」

「哈，在拉斯維加斯結婚，在夏威夷度蜜月，你們真會享受啊！」

她開心地說：「是啊！這幾天是我一生中最快樂的一段時光了！」說到這裡她抬腕看了一下錶，「真想和你再一起賭上幾輪，可是，時間來不及了，我們得趕緊走了，可別誤了飛機！」

我和她輕抱了一下，又和湯姆再次握手，互相道別。他鼻梁高挺，嘴唇緊薄，棕髮灰眼，不算特別好看（相對於珍妮的美貌來說），是典型的白人長相。我忍不住猜測如果十個月後他太太生下一個有亞洲面孔的孩子會怎樣。

2

　　鄧小平說過，科技是第一生產力。他這話雖然說得晚了點，我卻得舉雙手贊成。那個人品卑劣的培根也說過，知識就是力量。如果他們兩位老人家不反對，我想在後面再各加一句：知識就是力量，也是金錢；科技是第一生產力，也是泡妞好幫手——當然，我得承認，珍妮其實不能做為我泡妞的例子。我不過是趁她喝醉了占便宜而已，沒什麼可誇耀的，深究起來還有些卑劣。但也許是因為珍妮實在太美豔動人，也許是因為這深究起來還有些卑劣，反正當我準備寫一段賭場豔遇時，我第一個想起的就是她。

　　另外，我也得承認，就算我拿來和珍妮拉關係用的二十一點技巧，也不是什麼高深的算牌理論，只是玩二十一點的基本策

略而已，任何人花幾個小時都能背熟，拿中學課程來衡量，大約是比背元素週期表難，比背政治教條容易。然而，據我觀察，絕大部分在賭場玩二十一點的人，都不了解如此簡單的基本策略。我只能佩服這些人對自己運氣的確信，如果他們能把這分自信用到事業上，賺的錢一定夠他們再多輸一陣子的。算牌圈內管這種人叫「蘿蔔」（ploppy）。

　　我認識的第一個蘿蔔是系裡的一個學長。這個學長是我們系中國人裡的活躍分子，每天不學習也不做實驗，專門在網上找便宜貨，組裝成計算機再上網賣，賺了不少錢。有了錢後當然就想泡妞，因此沒事就在家裡開party，遍邀女生、朋友和女生的朋友。他長得濃眉大眼，人也不像大多數留學生那麼沉悶無趣，本來也挺受女生歡迎，只可惜他有個志向：定要一個絕色的女子！所以一直沒能得逞。多餘的金錢和精力沒處發洩，慢慢地便喜歡上了去賭場。

　　那時我剛到美國，就被他老人家慧眼發掘出來，覺得我不像安分守己的良民，是個發展的好種籽，因此找不到妹妹同去賭場時，就來叫我。我出國前也曾立下宏願，到美國後要力挖資本主義的牆根，把中國沒、美國有的東西都玩個遍，為全世界人類的解放事業盡一分自己的微薄力量。那時初來乍到，還在觀察敵情的階段，要買槍沒有錢，要抽大麻沒有門路，色情業國內又已

經超英趕美，那也就只有先拿賭場祭旗了。所以我跟學長一拍即合，在十月初的一個星期六下午，驅車從學校所在的費城，直奔大西洋城而去。

我們去的第一家賭場是「印度宮大賭場」。一進賭場，只見從遍布每個角落的壁畫，到每寸地毯上的花紋，從琳琅滿目的裝飾品，到賭場廳間的布置，都是印度皇家風格，極盡鋪陳之能事，不厭細節之煩美，讓人目不暇接。大廳裡排開了數不清的老虎機，叮叮噹噹之聲此起彼伏，電子遊戲之樂不絕於耳，燈光像警燈似地亂閃，畫面像走馬似地瘋轉。賭桌後的發牌員笑容可掬、衣冠整齊，女侍們上面低胸緊衣，擠出深深的乳溝，下面高衩短裙，大腿畢現，包裹在魚網長襪裡，搖擺著腰肢滿場穿梭，不時牽去我的眼光。

大廳中間正對著電梯，站著位扮成印度公主的美女，身材高挑，服飾華美，向來往的客人點頭微笑，應邀和每個人合影。全場燈火輝煌，布置得富麗堂皇、光怪陸離，一片紙醉金迷的氣氛。我不由得想起了《賭神二》裡徐錦江第一次到賭場時的感受。當時覺得那純粹是為了搞笑，現在才知道，身臨其境的賭場，遠比電影畫面還要淫奢靡費。

我在賭場裡到處視察一圈，開完眼界後，便準備一試身手。我身上只帶了一百塊現金，那時剛到美國，也沒有信用卡、現

金卡，所以本錢有限，不敢貿然上桌，挑了臺玩電子撲克的老虎機，先看遊戲說明：給玩家發五張牌，對每張牌玩家都可以選擇留住還是重發一次，最後如果是 10 J Q K A 的同花順，贏兩百五十倍，其他同花順，贏六十倍，四張 A，贏一百六十倍……

我正研究著，忽然肩膀上被人拍了一下，轉頭一看，是學長：「你在這兒啊？我找你找了半天了！」

「什麼事？」

學長不答，卻問我：「你開始玩了嗎？還沒賭過吧？」

「還沒有。」

「太好了，」他一把拉住我，喜形於色，「我今天有點邪門，輸多贏少。你來幫我玩吧！你第一次來玩，有處女運的！」

「去你的！我他媽既不處也不女，乃是世紀猛男！」

「對對對，你是猛男！搖哥！」學長一點學長的架子也沒有了，「你來幫我玩，輸了算我的，贏了我請你吃飯。」

「這不好吧？」我可不想占他便宜，「而且，我還不會玩呢！」

「嗨，這容易，我教你呀！」他把我拉到一桌輪盤賭旁邊，指著那個大轉盤說，「你看，這轉盤上有三十八個數字，兩個是0，剩下是1到36，你要壓對了數字，贏三十六倍。不過那個比較難，我一般都是壓紅黑、單雙、大小，壓對了就贏一倍的

錢，轉到0算你輸。其他還有些組合，你也不用管，壓紅黑、單雙、大小就行了，這個挺容易贏的，幾乎是一比一。」

我給他說得也有點心動，說：「那好，輸了你可別怪我。」

「哪能！你這是處男賭，」他有點猥褻地笑了笑，「硬著呢，輸不了的！」

「那好，我這就來作法了！」我一本正經地低頭閉目，凝神一想，果然一陣心血來潮，起來個念頭：「雙！」

學長一聽，二話不說，拿起五個籌碼就拍在「雙」那個圈內。這張輪盤賭桌的籌碼是一塊錢一個，分七種不同的顏色，每個顧客各選一色，以免下注時大家的籌碼混在一起分不清。工作人員將輪盤一轉，小球在盤內骨碌碌轉了幾圈，逐漸慢了下來。我心中默念：「雙，雙！」只見那小球「啪」的一聲，掉進「28」那格。雙！

學長興奮地連聲對我說：「你看，我說得沒錯吧？新手的運氣都好！」

我謙虛地說：「這才第一把。」不過心裡也覺得很刺激，雖然賭的不是自己的錢。學長說：「下面賭哪個？」我將五個籌碼握在手裡把玩，忽然以前看過的香港賭片都在瞬間閃過，不由得也覺得自己彷彿賭神似的，一下子就來了感覺：「壓大！」啪

的一把將籌碼拍在「大」上。

這把轉出來是25，大。又贏了。學長興奮得手舞足蹈，說：「下一把壓十塊！」

「啊？輸了怎麼辦？」

「哎，這你就不懂了！這叫『理注法』，你連贏兩把後，下一把就得翻倍。如果輸了，沒關係，相當於前面兩把沒贏就是了，再重新壓五塊錢。如果又贏了呢，下一把再提高，這樣如果輸了，沒關係，相當於前面兩把沒贏，但第一把贏的錢還是歸自己了。你明白了？這麼玩就能保證不虧了！」

我正在興奮的時候，哪裡聽得清楚他的道理，隨口說了句：「明白了！」又壓了個「小」，結果開出來還真是12點，小。

「我說的沒錯吧？你他媽的處男就是硬！下一把壓十五！」學長將贏來的籌碼拿走一半，剩下的都塞給了我。

我覺得有點虛：「喂，連贏三把了，下面不會再贏了吧？壓少點吧。」

「沒事，沒事！你只管猜就行了，賭注我來控制。你放心，哥兒們運氣沒你好，賭技可是絕對一流的！」

我輕輕拋動籌碼，聽它們發出迷人的啪啪聲，盯著輪盤進入了一會兒狀態，斷然說：「大！」猛地將籌碼都拍在「大」上。然後看著輪盤轉起，轉了幾圈後，最後掉進13。

　　13，小。十五塊錢都輸掉了。再看學長，也不停地搖頭，但一見我轉過頭來看他，馬上笑著說：「沒事！這把只輸掉前兩把贏來的錢，我們現在還贏五塊呢！你賭了四把才輸一把，運氣比我好多了。來，」他又給我五個籌碼，「再壓！」

　　我心裡自嘲一句：「靠，你真是皇帝不急太監急，他都不在乎，你那麼緊張幹嘛？」頓時惡向膽邊生，「不就是玩嗎？」拿了這五個籌碼略微一想，就又壓在了「大」上。

　　結果開出來還是小。這下可把前面贏來的錢都輸回去了，學長卻對我仍然信任不減，又給我五個籌碼。我也不客氣，又壓「大」。

　　然而開出來又是個小。學長也有點怒從心頭起了，下面也不問我，自己拿了十個籌碼就壓在「大」上。然後偏頭向我解釋說：「這叫『翻倍法』。你輸了後就翻倍壓，如果贏了就把上一把的損失補回來了，如果輸了下一把再加倍。這樣只要贏上一次，你就把前面的損失都補回來了。你明白嗎？」

　　我說：「靠，高中數學，我他媽還不明白？！」

　　可是今天的這個輪盤也有點邪門了，又開出來個「小」。接下來學長連壓五把「大」，賭注從十塊變成二十塊，四十塊，八十塊，一路飆升直到三百二十塊，連我在旁邊都看得心驚肉跳，輪盤卻連轉出五個「小」。學長一張又一張的一百美金的鈔

票扔了出去，換回來的籌碼，也不再是專屬他的一塊錢籌碼，而是全賭場通用的黑（一百塊）、綠（二十五塊）、紅（五塊）色籌碼。可這些籌碼砸下去時，除了「啵」的一聲響外，就消失不見了。

下面該壓六百四十塊了，學長摸遍全身，卻只有五百六十三塊錢，外加三個兩毛五的硬幣。他叫莊家先暫停一下，然後對我說：「哎，哥兒們，借點錢吧，我只帶了一千塊錢出來，倒不是沒有信用卡去刷錢，可要是離開了這張桌子，他下面一定又開出來個『小』，我前面積累起來的運氣就白白給沖掉了。現在是緊要時刻，不能走，先借點錢，應個急吧。」

我本來想勸他不要再往上加的，可現在就不好開口了，倒顯得我不肯借錢似的，就掏出錢包來，裡面只有五張二十的鈔票，都給了他。學長退給我一張，將其餘的鈔票都放在桌上，說：「買籌碼。」

工作人員面無表情地給他換了籌碼。學長深深地吸了口氣，將它們都推到「大」上。工作人員將籌碼按大小順序堆好，學長對我說：「我就不信了！前面已經連出八個『小』了，他要敢再出第九個，我就去賭博監督那裡去告他作弊！」

我想：連出九個「小」，也不算太新鮮的事。但他說那話顯然只是給自己壯膽，迫切需要我給他鼓勵的，於是就附和說：

「對，下面也該出『大』了。」周圍大家都已經注意到他了，有人在冷笑，有人在搖頭，還有個金髮美女，饒有興致地看著他下注。

　　輪盤開始轉了，學長雙手緊抓住鋪著絨布的桌邊，青筋都凸出了，眼睛緊盯著輪盤。只見輪盤轉動，幾圈之後，逐漸慢了下來。學長的臉上又是驚疑，又是期待，又是緊張，陰晴不定，嘴巴半張著，嘶嘶地吸著氣。最後終於「啪」的一聲，小球掉進了33。

　　「哈！」學長狂吼一聲，雙拳猛捶了一下桌子，把他疊在一起的籌碼都震塌了，然後又揮動了幾下拳頭，酷酷地環顧四周，尤其是那個金髮美女。大家都衝他微笑，美女還鼓起掌來。學長很殷勤地向她點頭致謝，如果不是美女旁邊站著個壯男，我看他大概要過去和她搭訕了。

　　工作人員付給他一堆籌碼，他擦了把額頭上的汗水，長舒了一口氣，整個人都癟了一圈，然後又挺起胸來，對我說：「看見沒？你就得敢壓！多大也得跟上！這個方法就是要看你的膽量。這個賭博啊，技術好練，膽子是天生的，像我這麼敢博的人，是少數！要不你說怎麼賭場還能賺錢啊？都是那些膽小鬼輸的。要都像我這樣，賭場早就關門了！你看這把，都贏回來了是吧！」他將籌碼在桌上重重一拍：「切！」

3

　　史蒂芬・霍金在《時間簡史》裡只引用了一個數學公式，就是愛因斯坦的E＝mc²，因為他一個朋友曾告誡他說，每個公式都會使書的銷量減少一半。可是如果我這本與數學如此攸關的書居然也因此不敢引用公式，那奧林匹斯山上的數學女神一定會勃然大怒。要知道，數學女神可是天上器量最狹小的神祇，她的臣民哪怕和外人說句話，她都要降以懲罰，讓我們和不信數學的人交流時遭受莫大的精神折磨。特洛伊戰爭之所以打了十年，城破後部分特洛伊人還能夠漂流出海，就是因為數學女神沒有參加金蘋果的爭奪，不然的話，她一定會把從幾何學到微分方程式都一股腦兒傳給奧底修斯，讓特洛伊全城旦夕間就毀滅在巨大的蘑菇雲之下。我這本書既然是受她的教誨，當然要置凡俗成敗於度

外，該引數學公式的地方就得引，以免女神陛下一個不高興，打下一道閃電來，把我也變成思維只會感性、文章只會煽情的核廢料汙染源。

我要引的第一個公式，是學長的「翻倍法」的依據。我前面說過了，高中數學而已，無非是等比數列求和：

$$1 + 2 + 4 + ... + 2^{n-1} = 2^n - 1$$

其中2^n表示2的n次方。因此只要贏了壓2^n的第n＋1把，就能把前面輸的n把都抵消了，還能淨贏一個基本賭注。後來我研究賭博時，發現學術界也知道這個方法，還專門起了個學名叫「蒙地卡羅法」。蒙地卡羅在摩洛哥，號稱是歐洲最大的賭城，看來歐洲人民就是比美國人有知識，重科學而遠迷信，不然這個方法為什麼不叫「拉斯維加斯法」呢？

這個方法在理論上確實成立，但有個前提：你要能無限翻倍地壓下去，哪怕n趨於無限大。這顯然不可能，還是高中數學：如果你連輸很多把，2^n會迅速增長為嚇死人的數目。學長只連輸了六把，就從十塊的賭注長到六百四十。如果是連輸二十把，那就是上百萬了。只要你不能持續地壓下去，那前面輸掉的就是全白輸了。

　　而且學長其實也是險勝，就算他帶了無窮多的錢去，那張桌子卻有賭注上限——一千元。如果學長壓六百四十元那把輸了的話，下面他就已經沒法再翻倍到一千兩百八十元了，頂多只能再壓一千元。那麼就算他贏了，也抵消不掉前面的損失，更不用說輸了的話，一分錢也加不上去了。這樣哪怕是比爾‧蓋茲，也不能用「蒙地卡羅法」來戰勝賭場。

　　那天晚上我們吃飯時，我向他提出了這個問題。他的回答倒也簡單：「切，哪那麼容易連輸十把？」

　　我說：「喂，哥們，連輸十把很容易的，二的十次方不過是1024而已，平均一千把就有一次。」

　　「一千——把一次你都害怕？」學長誇張地拉長聲音，輕蔑地說，「一千把下來我都不知道贏了多少錢了？！輸一次又怕什麼？你有沒有搞錯，賭博又不是要盤盤贏，只要贏的比輸的多就行了你懂不懂？」

　　我扯過一張餐巾紙，拿出隨身帶的筆，邊算邊說：假設你第i把贏的概率是P（i），在輪盤賭裡這是個小於$\frac{1}{2}$的常數，就記為P吧，然後再設翻到第M把就無法再翻倍了，那麼連輸n把的概率是$(1-P)^n$，然後又扳回的概率是P，合起來連輸n把並扳回的概率就是$P(1-P)^n$，每來這麼一下都能贏一個基本賭注，對此將n從0到M－1求和：

$$\sum P(1-P)^n = 1-(1-P)^M$$

這是在不翻船時可以期望贏到的錢,而連輸M把的概率是$(1-P)^M$,將輸掉2^M-1,則可以預計輸掉$(2^M-1)(1-P)^M$。兩者相減,就可以得到「蒙地卡羅法」的預期收益:

$$1-(1-P)^M-(2^M-1)(1-P)^M = 1-[2(1-P)]^M$$

已知P小於$\frac{1}{2}$,那麼$2(1-P)$大於1,上式肯定為負,也就是說,用這個方法贏來的錢,加起來也不夠一把無法翻倍而造成的損失輸的。

當然,學長根本沒有聽我算完,我的第一個公式還才列開來一半,他就不耐煩地說:「你要總怕這怕那的就不要賭了!你看今天這把,滿桌的人都覺得我要輸,要不是我膽大,前面的不就全輸掉了?現在你看,都贏回來了吧!賭場啊,就是贏了那些人的錢,然後我呢再去把錢從賭場那裡贏過來!你明白了吧?」他看我還不信服的樣子,又說:「所以我才會嚇他們,說如果這把再輸了,就去賭博監督委員會那裡告他們出老千!你看,我一嚇,他們就怕了吧,果然贏了!」

　　我不好意思提醒他，他那句話是用中文跟我說的，而那個輪盤賭桌上的工作人員都是白人，難道他們裡面誰也精通中文？當然，我猜他也有答案：這話不是說給賭場的工作人員聽的，是給那個冥冥中掌管賭場運氣的神靈說的！看，神仙也嚇住了吧！

　　「況且，我很謹慎的，」學長嚼著滿口的食物，口齒不清地繼續說，「你看我都是在連輸了兩把之後才開始翻倍的，這樣就把危險係數又降低了一半。你明白嗎？」

　　我忍不住說：「我明白，這不就是把死刑又緩期一倍時間執行嗎？」

　　「唉，你還是不明白。這不是純靠數學，關鍵還是得靠各人的技術和膽量！要不然懂數學的人就都贏錢了，賭場還開什麼開啊？就得像我這樣，抓住機會！你懂嗎？得有感覺！」學長幾乎有點著急地說，嘴裡的碎渣都噴出來不少，「唉，跟你說你也不明白，你才第一次來賭場，還沒感覺！」

　　據我後來的總結，「蘿蔔賭經」共有三派：「巫賭派」、「八字派」、「科學派」。「巫賭」這個詞是從英語的「巫毒」（voodoo）來的，本來是一種神祕宗教的名字，後來被用來泛指一切神乎其神的把戲。「巫賭派」蘿蔔的特點就是不相信概率論的大數定律，而相信神乎其神的玄虛，尤其是相信自己有超自然能力，能「感覺」到「機會」的來臨，能「預感」到「運氣」

的好壞，甚至能通過「意念」來「發功」改變「運氣」的走向，就差直接發功把賭場的保險箱搬運到自己家了。

所有的蘿蔔都或多或少地屬於「巫賭派」。沒有一點巫賭氣質，一個人好端端的又怎麼會成為蘿蔔？無論是理智還是事實，無論是數學還是道德文章，都清楚不過地說明了，久賭必輸，他們還能如此冒天下之大不韙、錢包之大不鼓，熱衷痴迷於賭博，這分對自己超能力的信仰，還真不是一般的宗教狂熱呢。

純粹的「巫賭派」蘿蔔，也不研究賭博遊戲，也不計畫投注控制，憑著對遊戲的一知半解，懵懵懂懂地就敢上陣去玩，反正幸運女神是在自己這邊嘛。無數次慘敗他們不記得，曾有過的幾次輝煌卻被在腦中反覆強化。明明是僥倖獲勝，卻被他們當成了自己超人運氣的驗證，一心以為這才是常態，而把多得數不清的失敗都忽略不計。這也是不懂數學的後果。如果他們懂點概率統計常識，就該知道，自己在採集樣本時出現了嚴重的系統偏差。

好在純粹的「巫賭派」蘿蔔並不多。你從蘿蔔堆裡隨便拉出個賭徒來，一般他都能侃侃而談他的「必勝賭經」，說起來一套一套的，好像對賭博遊戲也挺有認真研究似的，又是「四字訣」，又是「五字訣」，還有「四宜八忌風雲十二絕招」，還真能把人唬得一愣一愣的。

　　「五字訣」是忍、等、穩、狠、滾五字，「四宜八忌風雲十二絕招」是宜忍、宜等、宜狠、宜殺和忌心情不佳、忌用孤寒錢（生存費）、忌磨爛席（爛賭不去）、忌情人在側、忌驕躁輕浮、忌旁邊有人惹厭、忌姑息養奸、忌夾硬下注。這十二絕招好像是號稱「澳門賭王」的葉漢總結的，後面的八忌裡多有廣東俚語，顯然未得漢文字之美，我們就只採用他的「四宜」。「四字訣」的版本就很多了，有說穩、忍、詐、狠的，有說穩、準、忍、狠的，還有說忍、等、殺、狠的。不過說來說去，萬變不離其宗，這些字裡多有重複，總共也就是八個字，按出現頻率和順序排列，就是：

　　　忍、狠、等、穩、殺、滾、詐、準

　　所以我稱他們為「八字派」。這八個字的每個字後面，一般都還要跟著一段長篇闡述，講為什麼要忍、為什麼要滾、什麼時候等、什麼時候狠、怎麼個詐法、怎麼個殺法、穩又如何穩、準又如何準，甚至忍即是狠，狠即是忍，非狠非忍，非忍非狠，忍作狠時狠亦忍，穩為殺處殺還穩，還有忍生等，等生穩，殺克準，準克忍，相生相剋，方生方死，玄之又玄，眾玄之門……

　　我每次聽到這些高之又高、妙之又妙的理論時，就覺得這

些可真都是人才哪，抓到自然辯證法研究所去罰做博士生導師都委屈了，還好現在國內時興起國學運動來，正好可以把這些人都聘了，去註經釋典，保證個個都能講得頭頭是道、滴水不漏，蔚然又一代國學大師。國粹到了他們手裡，必將空前發揚光大，因為他們不僅有國粹那說起來玄妙的優點，連缺點也和國粹一般無差：做起來糊塗，偶爾也能僥倖成功，但大部分終歸會一敗塗地。

比如《大學》的八條目：「格物、致知、誠意、正心、修身、齊家、治國、平天下。」看上去條理分明、天衣無縫，可實行起來，結果就是王陽明格物，格上七天七夜的竹子，最後格得吐血也沒格出什麼來。「八字派」賭經也一樣，理論上完美無缺，可就沒哪一個能說清楚：到底什麼時候該忍，什麼時候該狠？

蘿蔔們可不像王陽明那麼誠實，他們會說：「賭場運氣好時該忍，玩家運氣好時該狠。」

可這還是一句廢話。下面你再追問：怎樣就是賭場運氣好，怎樣就是玩家運氣好？是玩家頭上祥雲繚繞，還是莊家臉上印堂發黑？他們的回答一定又是一堆「賭場連贏」、「莊家氣盛」之類，前者是錯覺迷信，後者是鬼話連篇，到最後還又是「運用之妙，存乎一心」，只可意會，不可言傳也！

　　所以我才說，所有的蘿蔔歸根到底都是「巫賭派」的，「八字派」只不過自以為或者貌似懂了點規律而已，但細究下來，他們最後統統地都還是祭起「巫賭」法術來過關。

　　國粹既然靠不住，我們就向五四前輩學習，尋找賽先生吧，也就是我學長所屬的「科學派」。所謂「科學派」，就是試圖用科學來解答賭博這道題，只可惜解出來的結果是錯的。「蒙地卡羅法」我前面已經分析過了，只會輸得更多。他的「理注法」，要點是在連贏兩把後，下一把翻倍，如果輸了，和前面兩把抵消，如果贏了，下一把壓三倍。總之每一把都壓前面兩把賭注的總和，這樣如果輸了，相當於前面兩把沒贏，但以前贏的錢還是歸自己了，看上去似乎可以立於不敗之地。

　　「理注法」的英文名叫Money Management，泛指所有在賭博中控制賭注的方法，學長所採用的這個方法，我倒寧願叫它「費波那契法」，聽上去還和「蒙地卡羅法」遙相對應，因為一個數列中每個數是前兩個數之和，所形成的正是「費波那契數列」：

　　1，1，2，3，5，8，13，25……

　　不過也許當初發明這個方法的人確實叫它「費波那契

法」，但卻被樸實的美國人改叫為「理注法」這個人們所喜聞樂見的名字了。就算「蒙地卡羅法」，我們也知道，本來是——在打下他的名字之前，我得先去洗手焚香——馮·諾伊曼等人發明的計算機模擬方法，現在卻成了個偽科學賭博方法的名字，馮老先生在他的猶太黃泉之下有知，還不得給愛因斯坦笑死？

在實戰中，「理注法」有多種變種，一般都沒有真正的「費波那契數列」增長那麼猛，而是：

1，1，2，3，3，5，7，11……

或者更慢的：

1，1，2，2，3，3，5，5，7……

之類等等。

學長採用的是純「費波那契數列」，但只增長到五倍為止，然後就又回復到最小賭注，因為他覺得已經連贏五把了，再贏第六把的概率不大——又是典型的「巫賭派」心理。我說：「你第六把能不能贏，和前面五把是贏是輸沒有關係，它們是互相獨立的事件。」

他說：「這我當然知道。可是八倍也太多了，前面都已經贏了那麼多了，我們也不要太貪，見好就要收對不對？」

我說：「那你在那個加倍法，第四把就衝到八倍了，怎麼沒怕多？」

「嗨，那是前面已經輸了，所以必須要扳回來。這是兩套不同的規則，你明白嗎？」

我說：「這個辦法在連贏時當然沒問題。可是從整體效果來看，你連贏N把時，本來應該贏N份最小賭注，現在大部分情況下，你還沒有每次都壓一份最小賭注贏得多。」

學長說：「怎麼會呢？你再算算，你就明白了。這樣雖然贏得不多，但是保贏不輸啊。」

我說：「你連贏N把，也就有連輸N把的時候，因此一定要在連贏N把的時候贏足N把的錢，不然你綜合起來就虧了。」

學長呵呵大笑說：「可是我連輸N把的時候有翻倍法，不會輸的！」

這下我澈底無話可說了。我們知道，數學女神也兼管邏輯，這是她在懲罰我呢。

4

其實賭博的數學原理很簡單。賭場把每個遊戲都設計成平均回報率低於1，因此玩家如果不研究何時回報率可能高於一，而玩什麼「賭注管理」，那無論蒙地卡羅還是費波那契，哪怕玉皇大帝數列、如來神掌矩陣，都是白費勁，而且由於翻倍後投入的總賭注更多，輸得也只會更多。

大部分賭徒可能也明白這個道理，但他們總更願意相信「巫賭」理論，認為在某種情況下，比如「莊家運衰」，回報率高於一，或者很奇妙地反過來，在自己連輸後，「總不會那麼倒霉吧？也該輪到我贏了！」才會出現那麼多「蘿蔔賭經」。

這些賭經不想辦法增加贏的概率，卻無一例外地把贏錢的基礎都建立在採樣偏差的基礎上，比如只採莊家連敗的例子，或

者只採莊家連勝後終於一敗的例子，那當然最後什麼稀奇古怪的
理論都能推出來。就像去考察梁山泊頭領的成分，只採扈三娘、
顧大嫂、孫二娘，你能得出結論：梁山頭領都是女性，是母系社
會，我們在梁山開個美容院一定發大財；只採公孫勝、魯智深、
武松，你能得出結論：梁山頭領都是出家人，是邪教組織，我們
該在梁山開「長生不老培訓班」和「外星語入門課程」；還有人
只採阮小二、阮小五和阮小七，得出結論說：梁山頭領都是漁
民，是農民起義，把梁山每個人都照本宣科地對號入座。

　　問題就在於，賭場為了吸引大家來賭，回報率雖然小於
一，但小得也很少。在每次的單個實驗裡，結果會圍繞在期望值
上下波動，只要稍微往上波動一下，就能使賭客贏錢。這個結果
會對賭客產生巨大的心理作用，讓他們誤以為賭博可以贏錢，然
後去總結、學習那些所謂的規律，企圖繼續贏錢。但是只要他們
回到賭場去繼續賭，長期下來，必然是賭的時間越長、投入的總
賭注越多，最後就輸得越慘。以前贏的錢，賭場遲早會教他們統
統吐出來，還賠上自己傾家蕩產。

　　所以，對於大部分蘿蔔來說，賭博並不是個數學問題，而
是個心理問題，要嘛是沉溺於賭博帶來的刺激，不能自拔，要嘛
是被偶爾的勝利洗了腦，對更多相反的事實視而不見。對於前
者，還可以通過心理療程來治療，對於後者，只能在慘痛的南牆

下撞得頭破血流，才能省悟過來。

　　我的那個學長就是這樣。他那晚確實贏了不少錢，甚至連他請我吃的那頓飯，居然也不是花自己的錢，而是賭場請客。他在輪盤豪賭成功後，乘勝追擊，贏了三百多塊錢，然後打算去吃飯，就拿出會員卡，叫來一個桌面經理，說：「請給我們一頓晚飯。」那經理笑容可掬地說：「你們想吃什麼？」學長問我的意見，我那時剛從國內的大學食堂解放出來不久，毫不猶豫地回答說：「自助餐。」經理拿了學長的會員卡，到計算機前劈里啪啦地打了一陣，就列印出兩張餐券來，遞給我們：「請享用。」

　　印度宮大賭場的自助餐是西式的，食物種類不算太多，但有兩樣東西特別好：一個是核桃派，肥而不膩，香酥可口，一個是阿拉斯加雪蟹腿，又大又長，剝開來雪白粉嫩，味道鮮美，是我至今吃過的所有自助餐蟹腿中最好的一家。可惜大約兩年後他們就掛了個牌子曰：「為了保護深海動物，本店不再供應阿拉斯加雪蟹腿。」所以後來我都不去印度宮大賭場了。

　　那時我還保持著國內大學食堂鍛鍊出來的勇猛戰鬥力，邊風捲殘雲，邊問學長：「你要是輸了錢，他們請你吃飯還可以理解。可你明明贏了幾百塊錢，他們怎麼還會白送你一頓飯？那不是虧本了嗎？」

　　學長呵呵笑道：「這你就不知道了。賭場那是做大生意

的，不在乎一時的輸贏。他知道長期下來，絕大部分人都是輸的，為了吸引顧客，他就拿出贏來的錢的一部分，請你吃飯啊、看show啊、住旅館啊，你贏也好，輸也好，他都給你這些優惠，看上去好像很慷慨，其實羊毛出在羊身上，那錢還是不從客人自己身上出來的！輸了請你吃飯，是安慰你，贏了請你吃飯，是讓你下次再來，你只要常來，他就肯定能把錢給你贏回去。」

我一聽心想：「咦？這哥兒們對賭博的本質也很清楚啊：一時的勝只是僥倖，長期下來的平均值必然是輸。怎麼一到自己身上就糊塗了呢？」還好他馬上就接著又說：「不過那是些不會賭的人啦。」說到這裡，他看看四周，壓低了聲音，「像哥兒們這樣的，贏比輸多，還能白吃白喝，你說哥兒們這賭得精不精？呵呵！哈哈！」

我那時剛到美國，對美國文化很感興趣，就問：「那你看過什麼好show？」

他馬上露出了心領神會的微笑：「嘿嘿，脫衣舞、鋼管秀，都有啊！還有演唱會啊什麼的。哦，劉德華、郭富城他們也都到這裡來開過演唱會呢！怎麼樣？想看？下次哥兒們給你免費弄張票！」

我說：「得了，我還沒爛到聽四大天王，你還是把票留著，下次我見到哪個喜歡港臺歌星的妹妹，把她介紹給你吧！」

飯後學長又繼續去戰鬥，還是「翻倍法」與「理注法」並用，「巫賭蘿」與「科學蔔」齊長，手氣不行了就換我，我運氣不好了再換他，輪盤賭完了換二十一點，蟹賭賭完了換百家樂，直賭到深夜三點，又贏了三百多塊錢，才得勝回校。

從此學長就認定我給他帶來了好運，雖然我不懷好意地說：「哪裡，不是你的賭術高明嗎？」他說：「唉，加上你的運氣就贏得更多了嘛！再高的賭術，倒楣了不也會輸得一塌糊塗不是？」我卻仍然謙虛地認為，他那天的好運究竟是我帶來的，還是他內褲的顏色帶來的，還很難講。這叫「蝴蝶效應」。

於是後來學長便常叫我去賭場，半年下來，只見他有輸有贏，大概積累下來又贏了兩千塊錢的樣子。我倒是乘機把大西洋城都逛遍了，瞻仰過「凱撒宮賭場」的古羅馬雕塑，走過各賭場外著名的海邊木道，要不是因為天氣冷，恐怕連海都下去游過了。還有號稱美國最大賭場的康州「快活林賭場」，我們也長途跋涉去過一次。那個賭場大歸大，但孤零零地就此一家待在印第安保留區，因此沒有形成了集群優勢的大西洋城好玩。在這麼多家賭場裡，我也玩遍了各種老虎機和桌上遊戲，當然都玩得很小，偶爾還贏過幾把，總共也就輸了五十多塊錢，算是到賭城來玩的門票。

我最後一次和學長一起去賭場，是在第二學期的期中考試

剛考完，大家都想出去瘋一下，於是呼朋喚友，找到兩個女生和另外一個男生，擠進學長的車，直奔大西洋城去試手氣。

結果那天學長的手氣大壞，在一個上限一千的輪盤賭，用「翻倍法」翻到六百四十塊，還是輸了。他的銀行卡也有上限，一天只能刷三百塊錢，他一狠心，用信用卡取出四千塊錢來，壓一千，結果終於贏了。大家勸他就此罷手，他說：不行，還輸二百七十五塊呢，得贏回來，於是一把壓下二百七十五塊，又輸了。再翻到五百五十塊，還輸。於是又到了一千的上限，學長再壓下一千，這回還是輸。

學長這時眼睛都紅了，二話不說，跑到貴賓房，找到張上限一萬的二十一點桌，啪地就壓上了兩千一百塊。這招我見他以前用過，上次增到四千多，終於贏回來了。這次他的運氣實在不好，兩千一百塊這把輸掉後，他取出另一張信用卡，又取了五千塊錢，回來壓上四千二百塊，結果又輸了。

這時他整個人都癲狂了，拿出最後一張信用卡，又取出四千五百塊，但這回他得壓八千四百塊了，還缺三千塊。另一個男生到美國也有三年了，學長就向他借張信用卡用一下。這個男生可不像學長那樣會掙外快，基本上是靠獎學金勤儉度日，三千對他是個大數目，因此猶豫不決。學長不快地說：「不用擔心，我照現金的利息付給你，你要是不相信我，就不要借算了！」

　　那個男生支支吾吾的，手摸頭髮看看我，又看看兩個女生。我連忙說：「學長，算了，今天手氣不順，就到此為止吧，下回我們再來贏回來。」

　　學長怒目圓睜，瞪了我一眼：「嘿，你也跟我唱反調！你又不是沒見過，上次我壓四千塊不就贏回來了嗎？！這次就是運氣差一點，再多壓一把囉！」他又轉向那個男生：「你他媽的借不借，倒是爽快點？！不借就不借，沒什麼，有什麼好扭扭捏捏的！我們從此當不認識，你自己找輛車回學校吧，算我認錯了人！」

　　我拉住學長，說：「算了，今天你手氣有點邪門，我們留得青山在，不怕……」

　　我話還沒說完，就被他一把推開：「去去！你們坐我車來時他媽的一個個爭先恐後，借起錢來就都成了縮頭烏龜，他媽的我今天算認清你們了！」

　　這時我們眼前燈光一暗，一個巨高粗壯的黑人保安出現在我們上空，粗聲問道：「出什麼事了？」

　　我連忙說：「沒事，沒事，一點小誤會。」

　　「你肯定嗎？」保安懷疑地看著我們。

　　「肯定，肯定。謝謝。沒事的。」我應付著他，學長早氣忿忿地拿了那四千五百塊錢回到賭桌。我要跟過去，被他罵了

一句。兩個女生都嚇得不知所措。我們沒辦法，只好遠遠地看他玩。只見學長一把就將所有的五千五百塊全壓了上去。結果奇蹟還真發生了，他來了個「天成」，贏一倍半，八千二百五十塊。

這時他只輸一百四十五塊了。可是接下來發生的事情你大概也猜得到：他不肯罷手，又用「翻倍法」，結果一路慘敗下來，輸了個精光。

學長鐵青著臉，看也不看我們，就往停車場走。我怕他路上會出事，跟了過去，他轉頭罵道：「你他媽的還想搭我車回去？要不是你們跟著我，我運氣也不會這麼背！你們他媽的自己坐車回去吧！」

我對那兩個女生說：「他這狀態，路上怕會出事，要不你們跟他走，路上提醒提醒吧。」

她們搖頭堅決不肯，我也沒辦法。好在那時才六點多，賭場還有最後一班七點的「發財巴士」去費城。這種車一般不載額外的客人，但正好那天車也沒坐滿，我們過去好說歹說，終於說動了導遊，讓我們上了車。坐巴士到了費城，四個人再合夥找輛計程車，總算都回到了家。

學長就沒有這麼好運了。他一出大西洋城就走錯了路，撞上別人，雙方的車都撞爛了。對方車裡有四個人，個個聲稱頭疼腰痠脊椎痛，也不知道是真的還是訛詐，反正警察叫來了救護

車，把他們送到醫院做了檢查，然後開出個總額三萬多元的醫藥帳單給學長。車還好學長有保險，暫時沒事，但他欠信用卡公司一萬四千塊，加上手續費、利息，他一下子負了五萬美金的債。

系裡也找他談話，因為他讀博士四年了，有些勤奮的同學都已畢業，他的論文還連影子都看不見。系裡給他下了最後通牒，學期結束前拿出計畫、通過資格考試，不然立即開除。

過了不久，他就失蹤了。聽別人說是回國了。那五萬美金的債自然也就不用還了。在他回國前，我在學校裡遇到過他幾次，想和他打招呼，他卻哼了一聲就過去了。聽別人說，他對我和那個男生恨之入骨：「要是他肯借我三千塊，我壓下去個八千四百塊，然後我拿了個『天成』！那一把就是一萬兩千六！我他媽不但不會輸，還能淨贏四千二！四千二吶！還會有後來那些倒楣事情嗎？！那時候學校要開除我就開除唄，大爺找個地方待下來，賣賣電腦，賺的錢比他媽的做學生多個不知道多少倍！他媽的這兩個畜生把我害慘了！大爺我這次回去，將來發達了，他媽的有這兩個傢伙好看！」

我後來再也沒有聽到過他的消息。

5

　　我之所以會成為一個算牌手，現在回想起來，其實是出於我的一個小愛好：在網上逗民族主義憤青玩。在我看來，民憤們也就是政治領域的蘿蔔，其發病機制和賭場裡輸得傾家蕩產的蘿蔔完全一樣，都是源於巫毒信仰和浮躁不實。所以我從不跟他們講「集體主義和個人主義」、「法西斯美學和強權崇拜」，因為正如蘿蔔必有巫賭心理，如果真有理性思考能力，一個人好端端的也不至於成為民族憤青。對這種貨色，還得按屈子的指示：「操惡搞兮批虛假」，以毒攻毒，至少還有點娛樂效果，也免得他們整天拿良心和激情來說事。

　　有天下午，我正準備從宿舍到系裡去跑程式，看看時間，校車還要一會兒才到，就上網逗民憤說：「你們就別借民族主

義之幌，行SM之實了，一說中國歷史，不是秦皇漢武、成吉思汗，就是揚州十日、南京屠殺，敢情中國歷史就是虐待和受虐，我們那麼多美妙絕倫的古人古事，莊子、《史記》、嵇康、蘭亭，你們都不懂，只會被S和M這兩個大寫字母激動得熱血沸騰。人有SM的欲望不奇怪，可吾國吾民何辜，要被你們用作達到SM高潮的器具？」

　　民憤當然大怒，立刻回了一通他們理解的中國歷史，結果更是讓我苦笑不已。這幫人，對世界懵懂無知也就罷了，對中國歷史也無知得驚人，而且往往是越憤的越無知──當然這也不能怪他們，因為民族主義本就是西方泊來的二手貨──我特地引了個中國典故來教育他們：

　　　　東家母死，其子哭之不哀。西家子見之，歸謂其母曰：「社何愛速死，吾必悲哭社。」

　　本來我打算發完這個帖子就走，因為校車快到了，可他們既然是民族憤青，當然看不懂別人的帖子也照樣要猛烈反擊，頓時怒火共義憤一色，帽子與髒話齊飛，唾沫星子直噴出螢幕來。我本著誨人不倦、治病救人的人道主義精神，繼續苦口婆心地給他們解釋：「你們的愛國，和這個西家子的愛母也差不多，哪裡

是在愛國，分明是愛表現自己愛國時的那種感覺。愛國本來挺自然美好的一樁情感，就是硬被你們糟蹋成現在這個噁心樣，弄得如今大家一聽說『愛國』二字，便如嵇康聽見『禮教』、魯迅聽見『三民主義』一般。」

飛速打完這些話後，我匆匆一點發帖鍵，就趕緊一把抓過書包，往樓下飛奔。連蹦帶跳地跑下三層樓梯，氣喘吁吁地撲到樓前車站一看，校車屁股冒著一團黑煙，已經遠去了。

我沉痛地想：真是玩物喪志啊，東西尚且不能玩，況且不是東西的民族主義呢？這不，遭報應了吧。下一班車還要二十分鐘才到，我只好垂頭喪氣地走回大樓，往活動室的沙發上一坐，無聊地看電視。

轉了幾個臺後，來到歷史臺。歷史臺常放些好節目，從古羅馬帝國到兩次世界大戰，從神祕聖地人文考古到現代運動暗殺權爭，讓我看得很過癮。但他們放得最多的還是沉悶之極的美國歷史，講亞洲必然是他們在太平洋戰爭裡的豐功偉績，提中國必然是一千年前的某樣發明，還常不顧「歷史臺」三字的身分，以「還歷史真實」的名義，緊跟時代潮流，《鐵達尼》當紅就講歷史上的鐵達尼號沉沒真相，《達文西密碼》熱賣就講歷史上的聖殿騎士傳說，簡直讓我懷疑是不是他們內部也掀起了「與時俱進」活動高潮。

　　這次調到歷史臺，電視螢幕上跳出來的，卻是燈紅酒綠、紅男綠女，沒半點歷史氣息，翩然一部偶像時裝劇。原來是在講八十年代時，一個「MIT二十一點團隊」的歷史，說有一群MIT的學生，組成了個二十一點算牌的團體，在拉斯維加斯贏了幾百萬美金。

　　天下居然還有這種事？我饒有興趣地看了下去。

　　不料這個節目竟有兩小時之長，先講他們組團的經過，夾敘二十一點算牌的原理，然後講他們在賭場的實戰。我先後放過兩班巴士之後，終於還是惦記著系裡的程式，當他們仍在拉斯維加斯大贏特贏時，跳上第三班巴士走了。

　　到了系裡後，我先上到歷史臺的網頁查了一下，這節目明天還會重播。第二天晚上，我把它又看了一遍。我錯過了的那部分，講MIT算牌團在贏了大錢後，內部因為分贓不均而產生分歧，後來又因為走霉運而輸錢，最後分崩離析，大家各奔東西。不過我更感興趣的是裡面介紹的算牌原理，電視裡把它吹得天花亂墜，好像集智慧與意志於一身、融苦練與天賦於一體，非天才不能掌握、非神人不能運用。但說到具體原理，卻又語焉不詳，說不清楚。

　　看這二十一點算牌法這麼神乎其神，又能輕易賺到大錢，我不由起了王冕那樣的念頭：他們是人，我也是人，「天底下那

有學不會的事？」

　　首先學的是二十一點的規則，具體見附一。我們可以看出，二十一點的結果很大程度上依賴於玩家的選擇。像輪盤賭、百家樂那種遊戲，玩家壓上錢後，就只好祈禱上帝，期盼好運降臨，然後匡噹一聲，一拍兩散，是死是活，當場就見分曉。二十一點、牌九等遊戲則不同，在發下牌後，玩家可以在一定程度上控制自己的最終結果，因此如果應對得當，可以使自己的損失減到最小。這就是所謂「基本策略」（Basic Strategy）。

　　「基本策略」的內容可見附二，沒有任何神祕之處，任何一個懂概率論和電腦語言的人都可以寫個程序，把它推導模擬出來。如前所言，背會它的難度在元素週期表之上，政治課教條之下。掌握了基本策略，可在典型規則下把莊家優勢減到0.5%。

　　有了基本策略，我再到大西洋城去試手氣時，就從游擊戰升級到陣地戰，不再玩一把就跑，而是坐下來和莊家周旋到底。一開始我還有些緊張，使出大學裡對付政治考試的必備招數：把基本策略表塞在褲袋裡，玩不了幾手就藉口上廁所，掏出表來仔細對照一番。

　　後來我在賭場看見一個老太太，堂而皇之地把基本策略表放在手邊，發牌後就拿手指顫巍巍地在表上游走，找到對應的那一格，然後抬頭轉告發牌員。賭場的工作人員或熟視無睹，或和

她開些無傷大雅的玩笑。其他人有不確定的地方也問老太太，老太太這時就特別自豪地查找一番，然後擺出一副權威的樣子說：「你該要牌！」我才恍然自己當初太做賊心虛了。

當然，我們大學裡也有些監考老師對在政治考試裡的作弊睜一隻眼閉一隻眼，但賭場允許人們用基本策略，並不是同樣地出於天良未泯，而是精確地計算出了，就算你用基本策略玩，優勢仍然在莊家那邊。

不過對於莊家這0.5%的優勢，我也實在沒什麼要抱怨的了。假設一小時玩一百手，每手壓十塊錢，平均下來，一小時也就輸五塊錢——坐在富麗堂皇的賭場裡，享受著工作人員笑容可掬的服務、穿著高衩低胸的女侍們提供的免費酒水，以及賭博帶來的精神刺激，每小時才付五塊錢，難道不是很合算的買賣嗎？一場兩小時的電影還要十塊錢呢，有幾部電影能像賭博那麼刺激？

更妙的是，感謝眾多「蘿蔔」的存在，賭場認為平均每個顧客在二十一點上會輸得遠多於0.5%，於是會返回一定的「謝禮」（Comp，Complimentary的簡稱）給顧客，比如餐券、戲票、旅館房間等。我經常玩了四個小時下來，只輸了二十塊錢，但賭場會按照你輸兩百塊錢的標準來給你謝禮，比如一張價值十元的餐券。那就相當於我只花十塊錢，就在賭場裡玩了半

天。

而且基本策略也可以用來掙錢,那就是賺網路賭場的紅利。網路賭場的成本遠低於現實賭場,他們不需要起豪華高樓,不需要買設備器具,不需要僱人,也不需要白送酒水,因此一進入網路時代,網路賭場就如雨後春筍般,爭先恐後地冒出在廣闊無垠的網路沃土。為了競爭客源,每家網路賭場都會推出五花八門的優惠,其中最普及的一種是,新會員加入時,可以得到一筆紅利做為獎勵。數額因賭場而異,一般在五十到兩百美金之間。

當然,這筆錢不會讓你白白拿到,賭場規定,要在他們那裡累計下注到一定數目,比如二十倍,才可以把那筆紅利提出來。他們的如意算盤是,一般賭客每把平均會輸5%,累計下二十倍的注,也就把白送的紅利已經輸回來了。這相當於用玩家自己的錢把他們吸引過來成為顧客。反正他們的成本不過是一臺伺服器、一套軟體、一點頻寬,最適合薄利多銷。

顯然,一個懂基本策略的人馬上就會發現其中的漏洞:如果運用基本策略玩二十一點,只輸0.5%,賭二十倍下來,才輸10%,那就能白賺到90%的紅利。當然這麼做的人只是少數,網路賭場的大多數顧客還是蘿蔔,使賭場仍然大賺特賺,樂此不疲地推出各種紅利來,讓我們這些「獲利玩家」(Advantage Player)能在一家又一家賭場裡揩油。

　　賭場對我們自然也有防範措施，比如常規定紅利不准取出，只能在賭場裡賭掉。這種紅利，在網路賭徒圈裡有個渾名，叫「黏利」（Sticky）。不過人民群眾自然也有對付它的辦法：把剩下的紅利拿到輪盤上去賭一把，輸了就算了，贏了的話把多出的那部分取出，剩下的再拿去賭，這樣能拿回的期望值是：

$$a + a^2 + a^3 + \cdots = \frac{a}{1-a}$$

　　其中a為每把贏的概率，是一個略小於$\frac{1}{2}$的常數，那麼上式也就趨向於略小於1。

　　另一個有趣的規定是：一般人只要累計下注二十倍就可以取出紅利了，但來自中國大陸的玩家則需要累計下到二百倍。看來國內同胞早已威震網路賭場界、橫掃搶紅包，嚇得賭場都要專門把他們列為高風險群，讓我覺得如果我不在網路賭場裡贏上一把，簡直要愧為中國人了。

　　於是我帶著崇高的國家榮譽感，集中玩了一批網路賭場，三個月下來，也賺了有三千多塊錢。然後我就對網路賭場失去了興趣，因為比較好的賭場我都差不多玩遍了，但更重要的原因是，我已經逐步掌握了算牌的方法，揹網路賭場油與算牌所能帶來的刺激和成就感比起來，便如河水之於滄海，完全不值一提。

　　二十一點算牌法的原理，可見附三。我趁著放寒假，練了兩個星期的「高低算牌法」，到快開學前的那個星期，租了一輛車，揣著網路賭場揩來的三千六百塊美金，直奔大西洋城而去。

6

大西洋城的賭場裡永遠人山人海，而且亞裔奇多，一眼望過去，黑頭髮、黃皮膚出現的頻率之高，僅次於春節聯歡晚會裡的歌詞。尤其是百家樂和牌九撲克的賭區，從發牌員到賭客，清一色的亞裔，讓我恍惚以為自己剛才不是開車來的，而是開宇宙飛船，一不小心降落錯了地方，到了澳門。

我第一次算牌實戰時，發牌員就是個亞裔，胸牌上寫著「湯姆」，生得白白胖胖，笑容可掬，聲若洪鐘，口若懸河，和每個賭客有一句沒一句地閒扯。我初次上陣，技藝生疏，也無心和他講話。這盒牌開始時平淡無奇，點數始終沒有大變化，到快結束時，卻忽然猛出了一陣小牌，點數長到六點。我估計了一下剩下的牌，大概還有兩副不到，那就是略大於三的平均點數，該

壓四十塊。我手頭沒有二十五塊的綠色籌碼,只好壓上去八個紅色籌碼,心中暗想:「他不會因為這把我忽然提高賭注,就開始懷疑我是算牌手吧?」

湯姆卻只是繼續一面發牌,一面輕鬆地問我:「那老搖,你是學什麼專業的?」

此前我已經告訴他我是學生了,這時腦中正忙著轉換點數和賭注,也來不及多想,便說:「電腦。」

「哇,」湯姆有些誇張地說,「那你一定很聰明!」

我這才反應過來,電腦專業是盛產算牌手的重災區,名震江湖的MIT算牌團裡就有好幾個是學電腦的。「完了,這下他肯定要開始懷疑我了,」我後悔地想,「我該說中文系的!」口中卻得應付他說:「呵呵,謝謝!」

更糟糕的是,桌面經理不知何時也已踱到我們這張桌子,插話說:「你們學校的資訊工程系不錯呢,我有個堂兄就是那裡畢業的,現在已經做到他們公司的CTO了!」

算牌手都知道,桌面經理的一個職責就是監督作弊,包括雖然不是作弊但也被賭場深惡痛絕的算牌。我還沒想出來該怎麼回答他,牌又已經發下來了,有大牌也有小牌,我拿了個下下牌:10和6,湯姆的亮牌卻是10。

「這時按照基本策略應該要牌,按照算牌點數的修正應

該……靠！現在點數是多少來著？」我這才發現剛才一緊張，已經把點數忘了，「算了，反正肯定是正數，那就應該停牌。」我把手一擺，表示不再要牌了，然後搖搖頭，裝作很沮喪的樣子對桌面經理說：「你看，只要你一下大賭注，就必然來壞牌。」

好在我這時確實應該沮喪，所以桌面經理一點也沒有懷疑，同情地說：「沒關係，說不定莊家會爆掉的。」

結果莊家的底牌亮出來，是一張4。湯姆再抽出一張牌來，10點，莊家爆掉。全桌一陣歡呼。湯姆給我付完錢後，我點了點頭，說：「謝謝。」扔出去一個白色的一塊錢籌碼。湯姆拿住它，在身邊的小費筐上響亮地敲了一聲，塞了進去，同時對我說：「非常感謝，先生。」

這其實是違反算牌守則的。所有的算牌書上都說，算牌的利潤非常微薄，因此不能浪費辛苦賺來的錢在小費上，不但不能給發牌員小費，為了不給女侍小費，連酒水都不能點。這個原則本身當然有理，但精明到這個地步，我覺得算牌手們大概有些本末倒置了。算牌是為了賺錢，賺錢是為了享受，而在我看來，一邊喝飲料一邊算牌，就是種享受。給順眼的發牌員點小費，這種尊重別人的感覺，在我看來也是種享受。為了這種享受，少賺點錢又有什麼關係？

隨後的幾盒牌基本上沒有什麼太大的波折，我也算是在實

戰中學習成長，越來越老練沉著。不過由於沒有出現大點數，所以輸贏也不大，一個下午大概輸了五十塊錢的樣子。

　　吃完晚飯後，再回到賭區，我沒找到湯姆，大概他已經下班了。我新找到的切牌最好的發牌員，是個三十多歲的亞裔婦女，叫麗莎。我在她桌上一開始是小打小鬧，點數小，賭注也基本上不超過二十塊，但運氣不太好，加起來輸了一百多塊。第三盒時，終於出現了機會，牌發到中間就出現了大的點數，我連下好幾把一百塊，還有幾把點數實在是高，我便開了兩手，各放一百。一番猛打猛追，不但把此前輸的錢都贏了回來，還盈餘了近一百塊錢。

　　我鬆了口氣，在她洗牌時和她閒聊起來：「這裡好像很多亞裔發牌員啊？」

　　「我們亞裔刻苦能幹啊，」麗莎自豪地說，反正桌上的另外兩個客人也是亞裔，「而且我們亞裔一般來說，數學比美國人好，所以做發牌員正合適。再說了，現在賭場裡的亞裔顧客也越來越多，所以賭場也喜歡多雇些亞裔發牌員，吸引顧客啊。」

　　「對啊，」這是我長久以來的一個大疑問，「哎，妳在賭場工作，大概也看見了吧，這裡的亞裔為什麼那麼多呢？妳是幹這行的，妳說說看為什麼亞裔這麼喜歡賭博呢？」

　　麗莎卻一副理所當然的表情：「我們亞裔就喜歡賭錢啊！

什麼骰子、牌九，不都是亞洲人發明的嗎！而且我們亞洲人過
年，一過就是一個月，這時候又不幹活，還能幹什麼，不就是賭
唄！」

　　這種解釋法我還是第一次聽到，倒比那些專家學者誠實多
了。他們一談亞裔沉溺賭博這個問題，都是說什麼亞裔移民不能
融入社會，所以選擇賭場來逃避發洩。敢情都是客觀環境的錯，
我們的當務之急是推翻萬惡的美帝國主義，建立亞裔移民民主專
政，亞裔就不再賭博了。

　　下一盒牌發到中間又出現了大點數，我再次故技重演，很
快就將賭注加到了一百塊，可是這次再也沒有上次的運氣了，幾
乎是一路連輸。這時桌上又加入了另一個人，我沒有辦法再分兩
手玩，因此臨時決定，打破原來制定的賭注計畫，把最高賭注提
到兩百塊。

　　桌面上的錢已經輸光了，我打開錢包，取出兩張「班哲
明」（一百美金鈔票的外號，因為上面印著班哲明・富蘭克林的
頭像），買了一個一百、三個五十、五個五塊的籌碼。現在平均
點數達到八點，我壓了一百六十塊下去。麗莎在我桌前拍了拍，
我知道這是她們發牌員表示「祝你好運」的意思。但她發出的牌
可一點也沒有給我帶來好運，是10和5，還好她的亮牌是4，我
擺手停牌，在大家都玩過之後，她翻開底牌，是張6，再抽一張

牌來，是個5。

十五點，全桌都大喊：「10，10，爆掉，爆掉！」麗莎又抽出一張牌來，翻開來是6。

二十一點！大家一片哀嘆。點數更進一步飆升到十八點，牌僅剩下兩副不到，平均點數達到了令人瞠目結舌的十點。我又拿出了兩張鈔票，換成兩個黑色籌碼，直接壓了下去。

這把終於出大牌了，10和A像下雨一樣，隨風潛上桌，潤物細無聲，每個人的第一張牌都像雨後百花開一樣，全是 10 J Q K A 。可當第二張牌又如一陣風般吹過後，大家的表情可就大相逕庭了。有兩個人桃花依舊笑春風，拿到了「天成」。而我只攤了張4，正是風刀霜劍嚴相逼，14點，對莊家的亮牌10。我要牌要來張8，順利爆掉。

接下來的幾把也都是遵循了同樣的劇情。我的腦海已經一片空白，只顧著從錢包裡拿出一張又一張的鈔票來買籌碼。桌面經理專門站在我們這桌旁邊，忙著按計算機不停地輸入我的賭注。至於點數，我早就不知道了，只知道它仍然很高。可是再高的點數也幫不了我，我自己都不記得連輸了多少把，直到那張黃色的切牌卡片被發了出來，這輪牌結束，重新洗牌，我才失魂落魄地離開。

我隨便找了個老虎機前的凳子坐下，拿出錢包來重新點

名，發現只剩二十四張。「一千二！」

我只覺得骨椎一陣痠痛，心臟猛往下沉，「我輸了一千二！」我的第一個念頭是再去把它贏回來，可想站起來時，才發覺兩腳軟綿綿的，站都站不起來。

我在凳子上呆呆地坐了一會兒，看著賭場裡人來人往，熱鬧非凡，不時從某處傳來一陣歡呼聲，不知道誰又贏了多少錢。我不知道自己到底在想什麼，直等到心臟又恢復了正常，才勉力站了起來，又繞二十一點賭區一周，尋找合適的賭桌。

切牌最少的仍然是麗莎，可我不願意再去她那裡了。我清楚地知道這是「蘿蔔」心理，但我沒法控制自己的感受。我最後找了個還不錯的桌子，坐上去買了兩百塊本錢，從一把十塊錢開始壓起。

可是才玩了幾把，我就發現自己根本無法算牌。我的腦中只有一個念頭：「一千二！」不要說無法跟蹤計算點數，就連基本策略都不太能記起來。我知道再玩下去，也是白白輸錢，只好就此罷手，離開了賭場。

大西洋城的晚上，霓虹閃爍，燈火通明，廣場的超大電子螢幕上，放著賭場的廣告：一個漂亮小姐贏了錢後，和身旁的英俊男友開懷相擁，所有的人都在大笑。路邊的大廣告牌上，賭場景象如同夢幻般地五彩繽紛。

　　開出大西洋城後，世界便沉入黑暗，除了車燈的一點亮光外，什麼也看不見。「一千二！」這個念頭仍然在我腦中反覆盤旋。雖然我告訴自己，我的三千六百塊本錢本來就全都是從網路賭場揩來的，輸掉多少都不傷及我自己一根毫毛，可我仍然無法擺脫全身心的失敗情緒。倒不是惋惜當初贏錢時的辛苦，而是不能面對現實和期望之間過於懸殊的反差。

　　路中間的水泥擋牆在微弱的燈光反射下，像一條巨大的蟒蛇，蜿蜒盤踞著左半邊世界，待人而噬。我好幾次都產生了將車一頭撞上去的衝動。

7

　　回家後，我總結了一下，發現自己犯了很多錯誤：忘記點數、臨時改變下注策略、計算賭注錯誤等等。這下我才知道，為什麼所有的算牌書都反覆強調自我控制。光有小聰明是不夠的，算牌更需要的是鋼鐵般的神經、鋼鐵般的意志、鋼鐵般的紀律。

　　然而要我就此放棄，也是不可能的。復仇的欲望在我心中熊熊燃燒。一般人沉溺於賭博，大多出於兩個原因：一是初賭大勝，日後總想重複；一是初賭慘敗，日後總想扳回。我好像是屬於後一類，不過如果上次大勝的話，我大概又會屬於前一類。

　　我又苦練了兩週後，在星期天下午來到唐人街，登上一班「發財巴士」，再度向大西洋城進軍。

　　「發財巴士」就是由賭場贊助、直接開到賭場的巴士。在

美國東部，以大西洋城為中心，北、西、南三面，幾乎是「凡有自來水飲處，皆有發財巴士」。只可惜東面是大海，來自大西洋底的人又住得太遠，不然賭場經理們恐怕也會開闢個「發財潛艇」的航線。他們那敏銳而又貪心的觸爪，簡直是無孔不入，就算中世紀穿著貞節褲的貞潔婦人到了賭城，他們也一定會有辦法誘姦了她們。

「發財巴士」到了賭場後，賭場便會給乘客各種優惠，一般是提供一頓飯及「泥碼」（Coupon）一張，價值高於車票，但不能換成現金，而是必須再配（match）上同樣多的現金，像網路賭場的「黏利」一樣，投到賭桌上，直到把它輸掉為止。

坐「發財巴士」的有三種人，第一種是偶爾去大西洋城玩玩的，第二種是賭場的常客，還有一種則是去賭場「跑車」的，到了賭場去放開肚皮吃頓飯，將「泥碼」賣給其他人，自己找個角落睡覺。不但省了一兩頓的飯錢，碰上比較好的政策，比如一些去康州的巴士，車票十塊，返回二十塊的泥碼，還能小賺一筆呢。很多老人家，包括從國內到美國來探親的一些老人，反正在家閒著也是閒著，乾脆就出來專門「跑車」，掙點零花錢。

我這次坐的「發財巴士」，每天在費城和大西洋城之間往返兩趟，週末還增開一班。坐巴士當然沒有自己開車方便，不過我已經在賭場預定了房間，賭累了就回房睡覺，所以這點不便也

沒什麼。更重要的是，上次失敗而歸時，開車接連遇到三次險情，差點跟別人撞上。想起以前那個學長的下場，可真的是前車之覆，後車之鑑了。

坐這班「發財巴士」的，看來多是老顧客，上車後就聽見大家互相打招呼：「老李，又去給賭場交稅了？」「唉，沒辦法，就這點愛好，我們賭民嘛，當然要給賭場定期交稅啦！」「小心點啊，可別交太多，賭場太黑啦！」「哪能！你看著吧，這回我教他給我退點稅，把我以前交的稅都他媽的給吐出來！」

上來一個中年人，衣服舊髒，拎著個大包裹，灰撲撲鼓囊囊的，一路磕磕碰碰地過去。他低聲向大家道歉：「啊呀，不好意思……對不住，碰著您啦……勞駕、勞駕，謝謝、謝謝！」

有人跟他打招呼：「貴哥，又去上班哪？」

「上班，呵呵，上班……」貴哥憨厚地笑。

又有人說：「嘿，貴哥那哪是上班啊？他是上旅館呢！」

「對啊，我們才是上班。上夜班！貴哥是去住旅館，五星級的呢！」

大家發出一陣轟笑。貴哥已經走到後排坐下來，也看不見他臉上的表情。我後來坐「發財巴士」多了，也成了常客之一，才知道這貴哥個偷渡客，人太老實，打了好多年工攢的一點血汗錢，被人說動了去合開飯店，結果全被捲跑了，現在連房租都

付不起，乾脆就以巴士和賭場為家，洗漱都在賭場，靠泥碼賺點收入，也是種活法。

又上來一個四十來歲的矮個男人，面色乾焦，眉毛緊擰，鼻孔朝天，冒出兩叢鼻毛。「老張，怎麼今天改上夜班啦？」

「老闆又不在，我一想，嗨，這邊的班是給人打工，不翹白不翹。那邊的班是給自己打工，一天的勤也不能缺啊！今天去給他來個金槍不倒，他媽的白天黑夜連著賭！」「那賭場要付你加班費了！」

「那當然，上回白天去，不小心輸了七百多塊，今天去討回來，新帳老帳一起算，利滾利，驢打滾！」「別妄想了，別跟老李似的，加班加點又交七百塊錢的稅就不錯了！」

老張本來還笑嘻嘻的，一聽這話陡然就急了：「肏你媽的老孫你說什麼？你他媽的咒誰啊？皮癢了想找打是吧？！」

「我肏你媽！」老孫也急了，猛地站了起來，要衝過來打架的樣子。大家趕緊都來勸住，我後排的一個人拉住老張，讓他坐下。老張仍然站著，和老孫隔空狗肏的狗娘養地又換了幾招，才忿忿地坐下，口裡還不乾不淨地罵著：「你他媽的曉得個鳥！老子在賭場一夜贏了一萬三的時候，你這個狗娘養的還在你娘騷屄裡夾著呢！」

坐在他旁邊的人勸道：「啊呀老張，老孫他也就是開個玩

笑嘛，需要當真嗎？」

「呸！這種事能開玩笑嗎？福生你懂不懂，賭最講究一個『運』，要一路順山順水，氣勢如虹，那到了賭場，才能猛虎下山，哎，金槍不倒，那錢啊嘩啦嘩啦地往懷裡摟。可給這狗娘養的那樣一咒，你說我還在養精蓄銳呢，就觸了個大楣頭，這運還旺得了嗎？罵他幾句算輕的了，依我脾氣，本來要揍他娘的呢！哎，你別不信，你是不知道，上次我在賭場一夜贏了一萬三的時候⋯⋯」

老張的聲音陡然興奮起來，我幾乎能感覺他眼中大放的光芒，透過椅背直刺我的後脖：「那就是運氣特別順，在飯店的時候，就有個老外客人特喜歡我做的菜，硬是請我出去見面，給了一百塊錢的小費。我當時就感覺這個兆頭好，今天一定會走旺運，立刻坐巴士去賭場。結果怎麼樣？一下場先在輪盤上押了個數字，我知道我運氣旺啊，所以不買大小、不買單雙，就押個26。結果怎麼樣？開出來一看，就是26！一把就贏了七百塊錢！我知道我運氣旺啊！這還不算什麼，我又去玩三張牌，坐下來第二輪就來了個同花順，一把就贏了三千哪！我知道我運氣旺啊，結果怎麼樣？這下專門撿贏得多的玩，三張牌、輪盤、骰子⋯⋯」

老張這一路從他的輝煌戰績，講到他的獨門賭術，越講越

起勁，算是讓我旁聽了「巫賭派」蘿蔔賭經的第一課，這一個半小時的車程倒也不悶。到了大西洋城，有賭場的工作人員上來發了十二元餐券和二十元泥碼。工作人員剛下車，老張就站起來問道：「有誰不賭嗎？我出十二塊錢買泥碼啦！」馬上就有幾個人舉著手裡的泥碼響應說：「有，有！我的賣給你！」

　　我一聽，還有這麼好的事？脫口說道：「我也買泥碼，十五塊！」

　　老張一下子轉過頭來瞪了我一眼，不過他目光裡倒沒有惱怒，而更多地是嘲笑。賣家們也都搖頭說：「神經！十五塊買泥碼！」紛紛走到老張那裡一手交錢，一手交貨。貴哥把餐券也一起給了老張，老張也不多問，抽出一張二十塊錢的鈔票給他，看來兩人是老交易了。有個慈眉善目的老伯同情地跟我說：「二十塊的泥碼，就值個十三、四塊錢，你出十五塊買，不虧嗎？」

　　「怎麼是十三、四塊，不是二十嗎？」

　　「哎呀，你這小孩不會算嗎？這是泥碼，不是錢，你要先自己拿二十塊錢一起壓下去，贏了還不能換錢，要輸掉為止。你想啊，這麼折下來，可不差不多十三、四塊錢嗎？」

　　我啞口無言了。難道要我向他解釋等比數列求和？他又說：「你看老張花十二塊錢買泥碼，他還會騙我們？要是值十五塊，我們都傻的啊，十二塊就賣給他？也就值個十三、四塊，老

張買了，賺個一兩塊，我們也不用賭，白賺十二塊，這多公道你看！」

我還不服氣，說：「那我出十五塊錢買你的泥碼，你賣不賣？」

「你說這個不是白說嗎，我的泥碼都賣給老張了，怎麼再賣給你？再說了，我哪能欺負你小孩子啊？十五塊你不虧了嗎？這坑人的買賣我可不做！」

我只好謝過他的善良，自去找我的二十一點桌子了。

可今晚的運氣依然不好，玩了兩個多小時，輸了兩百塊錢。雖然我在過去的兩個星期內一再痛定思痛，要戒絕「蘿蔔」心理，但這麼連輸下來，我心裡也不禁開始迷信起來：大概現在的「運」不太旺吧，我且歇一歇。於是先去吃了晚飯，然後到房間裡去睡了一覺，到凌晨四點時，才再度下場。

這是賭場的所謂「墓園時間」，由晚上的僧多桌少，變成了桌少僧更少。我轉了一圈，找到個切牌最少、顧客也只有一個人的發牌員，加了進去。過了一會兒，另外那個顧客也走了，就剩我一個人，玩牌速度快了很多，運氣也不錯，幾輪大點數都是贏多輸少，漸漸地把晚上輸掉的錢贏回來了。

正當我算得起勁的時候，一個突兀的聲音在我耳邊響起：「這桌運氣好不好？」

　　我嚇了一跳，抬頭一看，原來是老張。他的臉湊得太近了，黏著眼屎的眼睛裡好多血絲，黃牙裡夾著黑色的牙垢。我把身子往後仰了一下，順口說：「還不錯，我一直在贏呢。」

　　話一出口，我就後悔了。好不容易找到這麼個切牌少、人也少的桌子，一旦有人加入進來，我的優勢就減少了。更糟糕的是，加進來的還不止一個，老張一聽我這話，如奉綸音，馬上扭頭對身邊一個人說：「快來！這桌運氣好！」一屁股坐了下來。他旁邊那個人也坐了下來，我一看，認識，就是坐在我後排的那個福生。兩人也不用買籌碼，手裡都早攥著好幾個籌碼，老張拿了一個綠的，福生拿了兩個紅的，拍在下注處。

　　好在發牌員還算對得起我的讚揚，不是自己頻頻爆掉，就是給他們倆連著發十九、二十。福生每把只壓十塊錢，贏了一點，老張就是大手筆了，每把至少壓二十五塊，多可達四百塊，每次下賭注時，鬼魅如東方不敗，莫測似布朗運動，只可惜我沒把他的下注記錄保存下來，不然給我們系上教「程式模擬」那門課的老師一份，準能讓他模擬得吐血而亡，也免得他整天給我們出那麼難的作業。

　　兩盒牌下來，老張贏了大約一千塊錢。這期間他話匣子也一直沒關上過，不厭其煩地給福生解釋一切前因後果，結論當然都只有一個，就是他賭技如何高超、玩法多麼英明。福生拘謹地

微笑著，邊聽邊點頭，卻仍然每把只壓十塊。

第三盒牌的風向終於轉了。一盒牌都快玩完，老張就沒贏過幾把。他一邊憤憤地咒天罵地，一邊變本加厲地下注，但這只會讓他輸得更快。牌裡的點數也在逐漸升高，在牌盒裡只剩大約一副牌時，忽然猛出了一輪小牌後，點數陡地從兩點升到六點。我估計了一下，平均點數大概有五，於是壓上了一百塊。

再看老張，氣魄遠在我之上，大喝一聲：「肏你媽！」將手頭全部籌碼都疊在了下注圈內，聳起高高的一柱綠，也不知道有多少錢。發牌員將他的綠柱拆開，四個一摞地擺開一數，六百塊錢整。

我嚇了一跳，心想：「難道這人其實是個深藏不露的高手，師出傳說中的『醉拳門』？」

不過我馬上就省悟過來：一個真正的算牌手，絕不會把所有的賭注都一把壓上去，而要至少留一半準備分牌、加倍，因為如果無法分牌、加倍，莊家會平增巨大的優勢，所以老張應該只是孤注一擲，而非看到點數增加而提高賭注。

牌發下來了，老張拿了個10和9，福生是7和4，我最倒楣，10和5。再看莊家的亮牌，是7。老張點了點頭，說：「還不錯，福生，你看吧，莊家下面是張10，十七點，我十九點贏他。我就知道我這把會贏，才壓這麼大的……啊？你拿了十一

點呢,快加倍啊,還等什麼等?」福生再加十塊,發牌員給了他一張9。「你看,我說得沒錯吧,二十點,比我的十九點還好!不過我們對他的十七點都是包贏!」

他自己當然不再要牌。輪到我時,我沒辦法,要了張牌。就在我做好拿10的心理準備時,發牌員翻出一張牌來,竟然是6。二十一點!

發牌員翻出底牌,是個5。十二點,老張興奮地大喊:「Monkey!Monkey!」這是個「蘿蔔」術語,指花牌。可惜下一張卻是個小牌,4。現在變成了十六點,更容易爆了。老張激動得站了起來,繼續喊:「Monkey!Monkey!」一面又對我說:「肏他媽的屄,我就不信他這把不爆掉!」

我依然只是笑了笑。反正我拿了二十一點,絕對不會輸,所以一點也不激動,只是靜靜地看著。

發牌員翻出下一張牌來,又是個4!

二十點。老張大叫一聲:「啊?!」站在那裡,嘴巴半晌闔不上,看著發牌員將他的籌碼稀里嘩啦地拿走,才洩掉了氣,撲通坐倒在凳子上,使勁搖頭:「肏他媽的屄,哪有這麼屌的牌,這真是邪了他媽的屄的門了!」好在發牌員是個白人,聽不懂他在罵什麼。

「咦,你運氣怎麼就這麼好呢?」老張緊皺著眉頭,嫉妒

地對我說。

「還行吧，」我笑了笑，把贏來的籌碼拿走，「也就是這把。」

發牌員又發下新的一輪牌來，我這才想起平均點數已經漲到九點，該壓兩百了，可我剛才只顧和老張說話，忘了再加一百。「靠，」我要換已經來不及了，「怎麼他媽的會犯這種錯誤，少贏一百塊我靠。」再一看牌，還不錯，兩個10，二十點。

莊家的亮牌也是10，他查了下底牌，然後搖了搖頭，將底牌一翻，是個A。「天成」，我和福生都輸了。

「哇，」我有點難以置信地想，「這老張還真是我的幸運星呢！竟然讓我少輸了100塊錢！」

黃色切牌卡片也在剛才發出來了，發牌員忙著洗牌。我對老張說：「你看，我運氣也不怎麼樣啊，好不容易拿個二十點，莊家就來『天成』。」

這話立刻給了老張新的勇氣。他向福生借錢，但福生根本就沒帶多少錢出來，但又不好意思拒絕他，就把手頭的籌碼分給了他一半。當然，老張很快就把這點籌碼又輸光了。他又坐在福生旁邊指點，弄得福生把自己僅剩的籌碼也輸光，才不情願地離開了。

　　不過這老張好像還真的給我帶來了好運，他走之前，牌裡就開始接連出現大點數，大賭注下去也連戰連捷。他走之後，我的旺運不減，玩到早上八點時，已贏了一千三百塊錢，去掉晚上輸的兩百塊錢，也有一千一的進帳，基本上把上次的損失補回來了。

　　從此，我便常坐「發財巴士」去大西洋城。第二次又贏了八百塊，第三次輸了九百，第四次贏了一千三。到放春假的時候，我的總本錢已達到五千。我決定進階到下一個目標——拉斯維加斯。

8

　　沒到拉斯維加斯之前，在我想像中，它既然是美國第一大賭城，那大概就是第二大賭城大西洋城的加強版：賭場再多幾個，風景再多一些。等我自己到了拉斯維加斯後，才知道這個賭城排名的性質，類似於天空光源的排名，第二是月亮，第一是太陽，相差之遠，已是質變。

　　去拉斯維加斯，最好是坐晚上到達的飛機。在荒涼的中西部連飛幾個小時，舷窗外面一直是黑茫茫的一片，彷彿回到洪荒時代。黑暗連綿不絕，無邊無際，毫無生氣，沉悶壓抑。忽然，前方出現一點亮光，非常微弱，乍一看象黑夜中的孤星，又像荒郊中的燭火。這亮光逐漸逼近，逐漸鋪開，便如一隻巨大的蜘蛛，在大地上吐著熒絲，又如一朵光華四射的蓮花，花瓣上滾動

著彩虹，迎著黑暗綻放在大地上。

在飛機降落前俯瞰拉斯維加斯，你會發現在滿目的閃耀燈光中，有一條尤其璀璨的光鏈，如同美西納海峽，車流如海水，霓虹如浪花，兩側蹲據著的一座座賭場大樓，便是海妖賽蓮，流光溢彩、妖豔明媚，待人而噬。那就是「拉斯維加斯大道」，俗稱"Strip"。上帝彷彿將全世界的淫奢靡費都濃縮在這裡，又在大道的末端，築起一座巨大的金字塔，將拉斯維加斯聚焦成一道強光，直射天穹，召喚著黑暗中茫然無措的人們。

拉斯維加斯。自稱為「世界娛樂之都」、人稱為「罪惡之城」的拉斯維加斯。沙漠裡的銷金窟，賭博王冠上的明珠。最離奇、最俗套、最浪漫、最殘酷的故事，都在這裡同時上演。

這裡賭宮的氣魄，自然遠比大西洋城大。比如同樣的「凱撒宮」，大西洋城不過是一座大樓，幾座雕塑，拉斯維加斯的賭宮則連城接樓，從賭場到購物中心，從奧古斯都、羅馬武士、角鬥士，到宙斯、海神、維納斯，雕塑、壁畫、噴泉、庭柱，一路延伸開去，宛如藝術博物館。

因此，我在拉斯維加斯的前幾天，尤其是晚上，都在觀光。當然，正事也進行得很順利。拉斯維加斯的二十一點規則遠比大西洋城好，比如允許投降、無限分牌，一個星期下來，我共贏了近三千塊錢，是此前在大西洋城的兩倍。

　　當然，拉斯維加斯也充斥著形形色色的蘿蔔，我尤其見識到了白人蘿蔔的風範。最猛的一位，我是在「百樂宮賭場」（Bellagio）遇到的。百樂宮是個高檔賭場，房間貴、賭注貴、店鋪貴，就像個聚焦在標價上的放大鏡，不論什麼東西，進了它的門，都比外面貴一個層次。本來我是不會去的，但它的一個節目「Ｏ秀」很有名，幾乎快成了拉斯維加斯的必訪景點之一，我當然不肯錯過，因此就到它的二十一點桌子上玩幾手，打算湊足了一場門票的「謝禮」就罷手。主要是它的最低賭注太高了，其他賭場都是五塊錢，它居然是十五塊，這對我來說風險太大。

　　百樂宮其實也有一桌最低賭注為五塊，還有兩桌十塊的。這是所有賭場的慣招，對外宣稱，我們的最低賭注是五塊，結果你興沖沖地跑來一看，五塊只有一桌，坐滿了人不說，周圍等著入席的也是裡三層外三層，你還是乖乖地去玩它十五塊錢一桌的吧。這麼高的賭注，我是玩不起的，因此只好採取史丹佛‧王（Stanford Wong）發明的「王式跳桌法」（Wonging），站在桌外「後排算牌」（back-count），等到點數為二時才加入進去。這樣就相當於只在對玩家有利的情況下玩，點數為一或更低時賭注為零。

　　我在二十一點賭區的外圍轉著，看見哪張桌子剛開始發牌，就過去後排算牌。據說高手可以同時算旁邊兩張桌子的牌，

甚至還能利用天花板玻璃，算遠處一張桌子的牌。這種花招我可不會，只能老老實實地看緊眼下這一桌。

有一桌的平均點數超過兩點了，我手攥籌碼坐了上去，還沒下注呢，就聽見有人說：「喂，你不能加入。」

我抬頭一看，是個白人中年男子，胖得像座山一樣，臉上肥嘟嘟的很是可愛，架著一副金絲眼鏡，活像是又胖了一圈的卡爾‧羅夫（Karl Rove）。我說：「為什麼？這張桌子上沒有『不許途中加入』的牌子啊？」

「我們現在運氣正好，你進來會破壞牌勢（flow of cards）的！」

說這種話的人，不是蘿蔔就是算牌手。算牌手不希望別人進入，是因為嫌人多，他玩的手數就少了；蘿蔔則是相信「牌勢」、「運氣」之類的巫毒，覺得幸運女神正吹了個大肥皂泡，罩住了這張桌子，外面再加入一個人來，就把泡泡戳破了。我已經觀察這張桌子很久，知道這人雖然比卡爾‧羅夫只胖一圈，智商卻差了四、五個等級，是個不折不扣的大蘿蔔，於是好意開導他說：「唉，那是迷信。從概率上講，多一個人可能帶來的壞處，和好處一模一樣！」

這當然是對牛彈琴，他要是真懂概率，還會成為大蘿蔔嗎？「我不懂什麼概率，我只知道，我們三個人在這裡玩了半

天，好不容易構建起了這個好運，你不能就這麼進來破壞它！」

我一聽這調子耳熟，立刻反駁說：「哦，原來『移民法』已經擴展到賭桌上了？」

桌面經理一看形勢不對，連忙過來低聲對我說：「先生，您可以等到這盒牌結束再玩嗎？」

我說：「本來是可以的，但現在，我就是要在這裡玩！」

桌面經理沒辦法，只好對「羅夫」解釋說：「先生，我們的政策是，只要桌子有空位，又沒有『不許中途加入』的牌子，那任何人都可以加入進來。請您不要在意。多一個人，不會影響結果。」

「肯定會影響結果！」他忿忿地說，將賭注圈裡的籌碼拿回，「我不玩了！」

於是，下面就是我和另外兩個人玩完了這盒牌，運氣果然還不錯，我賭注下得小，也贏了一百多塊錢，另兩人一個贏了幾百，還有一個則贏了一千多。洗牌時，我笑著對「羅夫」說：「你看，運氣沒變吧？」

他哼了一聲，說：「那是因為我沒玩！」

我皮笑肉不笑地說：「那我們應該感謝你的犧牲嘍？」

他沒理我。下一盒牌開始了，照理說，我應該退出去繼續「後排算牌」，但我怕引起賭場的懷疑，就先玩了一手牌，然

後裝作來了電話，掏出手機來講話。發牌員立刻讓我暫時離開桌子。這是賭場的規定，以防有人用手機作弊。我乘勢站到後排，一面講話，一面留心著桌上的牌，隨時準備著如果點數走向不好，就離開這裡。

不料牌發到才三分之一時，平均點數又過了兩點。我關掉電話，又坐回桌子。「羅夫」頓時長嘆一聲，搖了搖頭，嘴裡不知道在咕噥著什麼，估計不是好話。我也不理他，自算我的牌，但他卻開始不停地挑剔我的玩法了。

我坐在桌子的第二個位置上，他坐在末尾。只要我做出了任何可疑的選擇，就會引來他的批評。比如有一把，我來了個十二點，莊家亮牌是2，我要牌，來了張10，爆掉。下一家是十八點，停牌。他拿了十一點，當下加倍，結果只來了張4。十五點而已。他大搖其頭，對我說：「你怎麼會要牌呢？莊家是2，你應該等著他爆掉！」

我說：「我知道你的意思。如果我不要牌，你就拿到那張10，湊成二十一點。可是基本策略說了，十二點對莊家的2，必須要牌。」

同時莊家亮出底牌，是9。十一點，再抽出一張牌來，又是個9。二十點，大家都輸了。「羅夫」氣憤地對我說：「你看見了吧？你亂玩的後果！你不要那張牌，他就會拿到我的這張4，

然後來個9，爆掉，大家都贏！這下好，大家都輸了，你開心了吧？」

這個問題算牌書上有標準答案：「我按照基本策略玩，輸了也不生氣。我做的是最佳選擇。」

可下一把也真玄，竟然又給我來了個十二點對莊家的亮牌2。上一把出的小牌比較多，平均點數從二升到了三，按照算牌法，這時應該修正基本策略，不要牌。我將手一擺，沒有要牌。他果然又發難了：「你這回為什麼又不要牌了？你不是說什麼基本策略嗎？」

我不客氣地說：「我有我的理由。我不想告訴你。」

下一家人拿了十點，加倍之後，拿了張9。「羅夫」大笑著說：「哈哈，現在有人可真後悔他沒有要牌了！」

他自己的牌是二十點，當然不要牌。莊家亮出底牌，是A，大家都「啊」了一聲。發牌員一張張地抽出牌來：3，7，8。二十一點，通吃！

「羅夫」氣得大叫：「你看見了？你又一次毀了全桌！恭喜你，混蛋！」

我微笑著說：「同喜，同混蛋！」

他臉色一下子漲得通紅，憤怒地對我罵道：「你他媽的既然根本不會玩牌，幹嗎不待在家裡打手槍，到這裡來禍害別

人！」

我回敬說：「你他媽的既然不明白別人在幹什麼，幹嘛不閉上你的鳥嘴！」

「我操！」他一下子將手旁一杯飲料都向我潑來。我本來看他身形，以為他一旦發難，定是西域蛤蟆功，因此按照金庸的考證，暗中運「一陽指」戒備，沒想到他卻是韋小寶的門下，當下被潑了一身。我跳了起來，一抹臉上的飲料，就衝了上去。

他也猛地站起來，看樣子想和我單挑，結果不知道是因為太胖，還是坐太久了，才站起來一半，就又坐倒。賭場的警衛卻早注意到這邊的狀況了，閃電般地冒了出來，一邊一個，將他按住。一個經理擋住我，口中不停地道歉。「羅夫」在兩個警衛憤怒地扭來扭去，卻怎麼也掙不脫，便放聲大喊：「放開我！放開我！我要告你們！」

周圍人們都停止賭博，一齊往這邊張望。一個工作人員拿了紙巾過來，給我擦臉。我看「羅夫」被警衛挾著那狼狽樣，氣也都消了，反倒覺得好笑，對他伸出舌頭，做了個鬼臉，把他更氣得暴跳如雷，卻又動彈不得，最終被兩個警衛架走了。有工作人員拿起他留在桌上的籌碼，跟在後面。桌面經理舉起雙手，大聲說：「沒事了，沒事了！請繼續玩！」

大家慢慢地轉回頭去。我說：「我要換籌碼，不玩了。」

桌面經理笑著說：「沒問題。」叫發牌員給我換了籌碼。我正要走，他說：「先生，請您稍候一下，馬上會有人來處理這件事。」

我這時已經不再像當初那麼膽小，隨時擔心被看穿是算牌手，於是站在桌旁等了一會兒，就見一個手拿紙盒、西裝革履的男人快步走來，跟我握手說：「老搖先生，我們對發生的事情很抱歉。為了表示歉意，」他遞過手裡的紙盒，「我們給您賠償一件衣服，另外已經給您準備了一個免費房間，以方便您換衣服。」

「謝謝。」我接過紙盒，打開一看，果然是印著「百樂宮」的T恤。

「號碼還對嗎？」

「嗯，差不多吧。」我說，「不過我已經在其他旅館住下了，我想我不需要你們的房間。」

「哦，」他低頭一想，「那我們給您其他『謝禮』吧。一張今晚『○秀』的票怎麼樣？」

「那挺好。」沒想到這秀票竟然這般得來全不費功夫。我回飯店換了衣服，晚上便來看秀。它號稱是世界上最好的雜技秀之一，演出者是一個法國雜技團，動作的驚險程度倒也一般，關鍵是場上的燈光、配樂、氣氛做得特別好，極有藝術的感覺。看

完全場觀眾起立鼓掌，大呼過足了附庸風雅的癮。

這種「賣珠雕櫝」的包裝才能，最了不起的當屬傳教士，無論什麼宗教到了他們手裡，都能傳得悲憫本意沒人理會、神神鬼鬼倒深入人心。其次就是法國人了，比如拉斯維加斯的招牌節目是無上裝歌舞秀，這其中最有名的 "Jubilee" 秀，也是法國人的手筆。幾十個年輕姑娘盛裝袒胸而出，又唱又跳兩個小時，最後令人印象最深的，卻不是乳山肉海，而是漂亮的服裝、精緻的編舞，使觀眾看完後都能沾沾自喜一陣脫離了庸俗趣味，難怪這節目在拉斯維加斯長盛不衰。

9

　　所謂因果報應，循環不爽，我嘲笑了半天「蘿蔔」，到了萬事皆可能的拉斯維加斯，自然也會有被人認為是「蘿蔔」的時候。

　　那是在牌九撲克桌上。牌九撲克本是我們中國人發明的骨牌遊戲，傳到西方後，被改為用撲克玩──張之洞先生知道這件事後，還曾欣然命詩，詠之為「中學為體、西學為用」思想由守轉攻、由中國走向世界的標誌。其規則是，每個玩家和莊家各拿七張牌，然後把牌分為一組五張「大牌」和一組兩張「小牌」，其中「大牌」必須比「小牌」大。比如你拿了這七張牌：

9，10，10，J，Q，K，A

　　你就不能把牌分為9，J，Q，K，A和10，10，因為一對10比五個單張大。這種情況下應該拆掉10一對，形成一個順子和一個A領銜的單張：9，10，J，Q，K和A，10。

　　分完牌後，各個玩家分別和莊家比較，如兩手牌都比莊家大，算贏；都小，算輸；一大一小，雙方打平。賭場的優勢來自兩個規定：如果有一手牌完全一樣，算莊家大；你贏的賭注，賭場抽5%。

　　這個遊戲每把都洗牌，所以無法算牌，但允許玩家來作莊，便讓「獲利玩家」有機可乘了。這時，賭場的發牌員做為玩家之一，下的賭注和賭客上一把下的相同（因此，你最多只能每兩把作一次莊），而賭客就享有同樣的一手牌算莊家大的優勢，但仍然必須承受賭場抽5%的劣勢，以及在一半情況下賭場坐莊的雙重劣勢。所以，只有在賭桌上有人的賭注遠大於最低賭注的時候，莊家優勢才能抵消賭場抽庸及自己玩時的劣勢。

　　這種情況很少能遇到，因此，當我看到一張最低賭注為十塊錢的牌九撲克桌上，有人每把壓至少兩百塊時，立刻就坐上了這張桌子。那是一個二十七、八歲樣子的亞裔女子，皮膚白皙，黑髮垂肩，五官清秀，氣質雅麗，但眉目間有些陰翳，右手無名指上帶著個褶褶發光的大鑽戒。桌子上另一個賭客是位白人老太

太，每把只壓五十塊。我冒著焚琴煮鶴的內疚想：「對不起，美女，我要贏妳的錢了。」壓上了十塊錢。

這把運氣一般，牌不好不差，我和莊家打平。在第二局牌發下來之前，我對發牌員說：「我要作莊。」

發牌員愣了一下，說：「好。」把標誌著莊家的牌子移到我跟前。

結果這把牌糟糕透頂，我來了七張散牌，對三家通輸，一下子就輸掉了三百六十塊錢。

下一把我不能作莊了，照例壓上十塊錢，結果倒贏了。後面四把都是這樣，做玩家時牌還行，能贏個九塊五，可一作莊，牌就奇差，以一輸三，一把就輸幾百。雖然輸的都是從二十一點上贏來的錢，我也不禁有些心驚肉跳。那個亞裔女子問我：「你為什麼總要作莊呢？」

我說：「作莊是玩牌九撲克的唯一勝道啊。」

她輕笑一聲，說：「那你為什麼總是在輸呢？」

「這是個概率問題啊。贏錢的概率大，不等於每把都能贏到。」

雖然我很難得地在賭場說了實話，她還是一臉不信。

下面又輪到我作莊了，這回我拿到A，K，J，J，10，5，5。一般來說，兩個對子時，應該在「大牌」和「小牌」裡各

擺一對，但當單牌夠大時，某些情況下把兩個對子都放進「大牌」，勝率會更大。我把牌分為J，J，10，5，5和A，K。

賭場和那個白人老太太都輸給了我，不過他們的賭注加起來才六十塊。那個亞裔女子壓了四百塊，牌是10，8，7，7，7和4，4。我又輸了。

她輕輕地問我：「你是中國人嗎？」

我說：「是。」

她換用中文說：「你這麼玩不對的，兩個對子要分開。」

我只好又解釋說：「不是的，兩個對子在某些情況下應該合在一起。我這把輸給妳只是運氣不好，從概率上講，我贏的機會更大。」

她輕嘆了口氣，說：「你還是學生吧？錢來得也不容易，怎麼能這麼浪費呢？這不是『羊牯』嗎？」

「羊牯？」我不由得啞然失笑，真是「逐年家打雁，今卻被小雁兒　了眼」，到這牌九撲克桌上來贏「蘿蔔」的錢，反被「蘿蔔」視為「蘿蔔」。我毫不客氣地說：「我沒在浪費。我一把才壓十塊錢，妳一把壓好幾百，我們倆誰更浪費？」

當然我這個反問是不對的，因為我作莊時，相當於一把壓他們所有的賭注。不過我料她也分辨不出其中的錯誤。果然她只是搖了搖頭，不再說話了。到了下一把，我又要作莊時，她便把

賭注拿回，表示這輪不賭。

她如果不賭，光憑白人老太太和賭場的賭注，我是沒有優勢的。我問她：「妳為什麼不賭了呢？」

她說：「我不想贏你的錢。大家都是中國人，要贏就贏賭場的錢，我不想贏你一個小孩子的錢。」

這番善意，讓我內心的愧疚在「焚琴煮鶴」之外，又多了條「恩將仇報」。可是她竟然說我是「小孩子」，讓我心中的不忿又壓倒了愧疚。我還想再勸她繼續被我贏錢，那個白人老太太卻也拿回了自己的賭注，說：「好了，我要去換個桌子了。」

我不知道犯了什麼天條，好像都已自絕於人民了，連忙問她：「為什麼？」

老太太說：「你總是在作莊，把整張桌子都拖慢了。」

這倒是實情，因為牌九撲克的分牌順序是：玩家、莊家、賭場。如果賭場坐莊，最後兩步就合為一步。而我作莊的時候，則必須等各玩家都分好牌，牌面朝下放好後，才能看我的牌；等我也把牌放好，賭場發牌員才能分他的牌，確實會把本來就慢的遊戲拖得更慢。

老太太站起身，顫巍巍地走到另一張桌子。這下我算是知道為什麼算牌手都只打二十一點的主意，沒聽說誰專攻牌九撲克了——人民的眼睛雖然不雪亮，但壞人的陰謀總會被群眾挫敗於

無意之間。

那個亞裔女子朝我微微一笑，我方便地把這一笑解釋為：「要不是看你是個帥哥，我也要走了。」於是我不再作莊，每把只壓十塊錢，改為和她聊天。

先通過了姓名。（我還是不要用她的真名了，既然是蘿蔔，我們就叫她「凱若」吧。）我問她：「那凱若，妳是揚州人嗎？」

凱若驚奇地睜大了眼睛：「揚州？不是啦，我是臺灣人，我父母是湖南人。」

「哦，我聽妳說『羊牯』，那不是《鹿鼎記》裡韋小寶常說的嗎，他是揚州人，所以我猜妳是揚州人。」

「不是啦，這個詞是我老公……」她不自然地停了一下，長長的睫毛垂下眼簾，「我老公常說的，所以我也就學會了。他說這是香港話。」

「那你一定常來賭場嘍，」我連忙接過話題，「連別人是不是羊牯都看得出來！我有個朋友是羊科獸醫，他都看不出來呢！」

「羊科獸醫？有這個科嗎？」她噗嗤一笑，「沒有啦，說了你大概不相信，這是我第一次賭錢呢。我家家教很嚴的，不讓小孩賭錢，以前我來拉斯維加斯，就是遊覽而已，從來沒下桌賭

過。」

「怪不得！」我一拍大腿，「妳早說啊！我要早知道妳這是第一次下桌賭，我就不會來跟妳賭了！」

她又一次驚奇地睜大了眼睛：「為什麼？」

「因為妳有處，處……」話到臨頭，「處女」這兩個字我忽然說不出口了，「處那個什麼運啊！」

她微微低眉，抿嘴一笑，還沒有回答，忽然包裡的手機響了。她道了聲歉，拿出手機，離開桌子，背對我們講起話來。我看見她有幾次用力揮手，似乎情緒比較激動。她打完電話後，回到桌子，臉色仍然有點紅，胸口起伏。她盡量平靜地對我說：「對不起，我得回洛杉磯了。再見！」

我站起來和她握了個手，說：「保重！」

她收拾好籌碼走了。時間已到六點，我下面還要去看 "Jubilee" 秀，便也就此罷手，去吃了飯，趕到貝利（Bally's）賭場看了秀，然後回到阿拉丁（Aladdin）賭場睡覺。第二天我又照樣大算特算了一天，直到深夜，我決定去吃點消夜後睡覺，經過老虎機區時，忽然看見遠處一個人影有些熟悉。走過去一看，原來是凱若！

我吃了一驚，上去跟她打招呼：「嗨，凱若，妳怎麼又回來了？」

　　她遲鈍地抬頭看了我一眼，目光無神，面色憔悴，昨天還順亮的頭髮，今天已經亂糟糟地糾成一團。她看了我一會兒，大概終於想起來我了，忽然兩眼放光，從手上取下那個鑽戒，說：「嗨，我把這個鑽戒賣給你好不好？這可是Tiffany的真貨，當初買一萬多塊錢呢！你只要出五千塊錢，就歸你了。很划算的！你看，是真貨！」

　　在賭場裡，這樣的癲狂狀態我已屢見不鮮。我俯下身去，扶住她肩頭，說：「凱若，妳是不是賭了一天一夜了？妳現在應該去休息，不要再賭了！」

　　「不行！」她掙脫了我的雙手，靠在椅背上，指著老虎機說：「我在這臺機器上已經玩了一天了。我要贏它的Jackpot！」

　　這是臺「幸運輪」老虎機，平常中了最高獎贏八百倍，但如果你放的是最大賭注五塊錢，那就可以贏得Jackpot（當然因此它平常的回報就會低些）。這個Jackpot現在已累積到五百多萬美金。每個賭場都有個展覽區，放著那些中了Jackpot的幸運兒手拿一個巨大支票的照片，以激勵廣大賭徒前仆後繼，為賭場大樓添磚加瓦。

　　我只好騙她說：「妳中不了Jackpot的。這臺機器我知道，前天剛有人中了Jackpot，哪有這麼湊巧的事，三天裡連中

兩個！」

「啊？」她絕望地說，「你為什麼不早說呢？」

「不是我說妳，」我乘機報了口舌之仇，「妳才真是個大羊牯！妳問女侍不就行了嗎？」我叫過來一個女侍，給凱若點了一杯冰茶，然後掏出個五塊錢的籌碼，給女侍做小費。她開心地謝過了我。我問她：「這兒的老虎機，哪個最近中過Jackpot？」

「Jackpot？這裡好像沒有……」我連忙向她眨了眨眼睛，她會意地指著幾臺老虎機說：「不過這臺、這臺，還有那臺，最近都中過最高獎的！我每天只在這裡上夜班，其他時間我就不知道了。」

「那怎麼辦吶？」凱若著急地抓住我的手，「我們怎麼才能找到能贏的機器呢？」

我嘆了口氣，說：「那只好等下一班的女侍來，我們再問清楚啦——我看妳大概一天一夜沒吃沒睡了。我先請妳吃頓飯吧！」

凱若對這個問題還有本能的反應：「那怎麼好意思？我昨天還贏了你的錢，應該我請你的！」

「算了，」我想：你連結婚戒指都要拿出來賣掉了，還有錢請我吃飯？「反正妳也把錢輸回給賭場了，這頓就讓賭場請

吧。」

「賭場？」她驚奇地問，「賭場怎麼會請我們吃飯？」

「唉，妳這個羊牯的等級還不是一般的高呢！」我一面帶她去飯店，一面給她把「謝禮」系統解釋了一遍，又問她：「妳這次大概輸了多少錢？真換成謝禮恐怕有好幾頓飯呢？」

「不多，也就一萬多吧。」

「啊？那夠好幾頓滿漢全席了吧？」我嚇了一跳，「妳輸這麼多錢，不會出事嗎？」

她淡淡一笑：「會出什麼事？這點錢對我老公不算什麼。再說了，與其給他花天酒地，還不如我來把它賭掉，還更爽快呢！」

我帶她到了一家中國湯麵店，她點了一碗香港餛飩麵，我點了一碗四川牛肉麵。我見她情緒低落，想給她講個笑話，可一開口，卻陰差陽錯地說：「妳怎麼一賭就是一天一夜呢，這對身體很不好的。」

她垂眼看著手頭的茶杯，無意識地撥弄著杯蓋，過了一會兒，抬起眼睛看著稀稀落落的飯廳，輕聲說道：「昨天我開出去沒多久，和老公在電話裡又吵起來了，我也沒別的地方去……」

「那妳是在開車的時候打電話吵架？那很容易出事的！」

「出事就好了。」她的睫毛又垂下了,「一了百了,省得整天煩心……」

「別胡說了!」我轉了個話題說,「哎,昨天那個『羊牯』的問題我弄清楚了。」

「羊牯的問題?」她抬起頭來看著我,有些疑惑地問。

「就是羊牯的出處問題啊。我想肯定是金庸從香港話裡借來這個詞,按在韋小寶頭上的,其實它根本就不是揚州話!」

「我……我不懂。」她搖了搖頭。原來她沒有讀過金庸。

這方面可就是我的拿手好戲了。我們的湯麵也上來了,我一邊吃,一邊給她從金庸講到古龍、《絕代雙驕》、梁朝偉、王家衛、王菲、竇唯、唐朝、Metallica、Ozzy Osbourne、Liv Taylor、Alicia Silverstone、周慧敏、倪匡、金庸、李敖、三毛、瓊瑤、趙薇、《東宮西宮》、王小波、杜拉斯、情人、梁家輝、《東邪西毒》、金庸、王朔、崔健、Beyond、《吉星拱照》、《王子尋妃記》、Eddie Murphy、SNL、Chris Rock、Lethal Weapon、李連傑、《笑傲江湖》、金庸……總之是極盡嘲謔之能事,專門聳人之聽聞,八卦箱翻得底朝天,謠言簿挨個總點名,逗得她不時大笑。吃完飯時,已經把金庸講了個七進七出。

結完帳後,我問她:「妳現在還想去賭Jackpot嗎?」

「不想了。」她有點不好意思地說，「真奇怪，我覺得好像剛才過去的一天都不像是真的，就像夢一樣，我都不知道自己幹了些什麼。」她用手摀住嘴，打了個哈欠，「現在我只想睡一覺。」

「那容易，妳拿妳的會員卡，向賭場要……」我忽然意識到她根本就沒有會員卡，想了一下，說：「要不這樣吧，妳要是不介意呢，可以用我的房間。妳可以把房間從裡面反鎖上。反正我現在也不睏，先在下面玩就是了。」

「那怎麼好意思呢？」她的臉微微一紅。

「沒關係。其實我本來可以現在就把房間卡給妳的，」我從口袋裡掏出房間卡來，「不過我房間實在太亂了，我還是得上去收拾一下。」

凱若輕聲說：「謝謝。」

我把她帶到我房間，先衝進去收拾了一下，然後讓她進去：「妳先睡吧，醒了後打電話給我。」說著就要把我的手機號碼寫給她。

「你……」凱若低下頭，但仍然可以看見她臉上的紅暈，「你……你可以在這裡陪我嗎？我一個人……不敢……」

「呃，」我愣了一下，「可，可以啊，只要妳不覺得……不方便……」

她仍然低著頭說：「那我先去洗個澡，身上太髒了。」也不看我一眼，就進了浴室，把門關上了。

我在房間裡站了一會兒，才反應過來是怎麼回事。我想她應該沒有帶換洗衣服，就火速溜下樓，按照她的身材，在賭場的商店裡買了一套女式睡衣。再回到樓上時，浴室裡的水聲還在響著。我忍不住心中一動，輕輕扭了一下浴室門的把手。

從裡面反鎖著。

我自嘲地一笑，把買來的睡衣放在床上，站到窗前看五光十色的拉斯維加斯大道。

過了一會兒，水聲停了，浴室裡穿來窸窸窣窣的擦拭聲音。然後門開了，一股清新的水味從背後傳來。我想像著她剛洗完澡的樣子，不敢回頭，說：「我幫妳買了套睡衣在床上，妳看看合不合適？」

「哦！太感謝了！」她說，「你想得真周到！」

「沒事，也算是賭場的『謝禮』。」我故作輕鬆地說。

她把睡衣拿到浴室，關上門換衣服。這次她開門出來後，對我說：「你看看，挺合身的！常給女孩子買衣服吧？」

我轉過身來。她穿著藍色條紋的睡衣，溼漉漉的長髮披在背後，臉上掛著幾滴水珠，肌膚白嫩如玉，眼中秋波流轉。我忽然語塞了，兩隻手都不知道放哪兒好，支吾了半天，才乾笑著

說：「呵呵，這還是我第一次看見妳開玩笑。」

她慢慢地低下頭：「這還是第一次有人對我這麼好啊。」

她身體的清新味道撲入我鼻中。我知道這時如果我抱住她，她一定不會拒絕。但我還是努力控制住自己，仍然笑著說：「妳對我也很好啊，都不肯贏我的錢。妳沒有看過《飛狐外傳》，那裡面有個胡斐，因為在落難時別人說了一句好話，就報答了人家一輩子呢。」

「哦？」她慢慢地走到床邊，掀開被子，躺了下去，「給我講講啊？」

「《飛狐外傳》？那個小說寫得不算好，我給妳另外講個好聽的吧。」

她在床上側過身來，將頭髮在枕頭上理好：「沒關係，你講什麼都好。」

我只好將沙發推到床前，給她開講《飛狐外傳》。這故事寫得確實不好，說了半天還是商家堡、馬空行之類的爛人爛事。沒講多久，凱若就睡著了。

我在燈下看著她。她的臉龐在睡夢裡分外靜謐。我還從來沒見過這麼文靜婉約的女子。我下面從她洗完澡出來後就硬挺著，不斷地對我說：占有她吧，這樣的文靜婉約，在你身下婉轉呻吟，將會是何等的快感！但我看見她的臉色一片平靜，我知道

她信任我。我不忍心打碎這片信任。

　　我看著她，想來想去，居然不知不覺地就在沙發上睡著了。

　　也不知道睡了多久，等我醒來時，只覺得眼前一片金光，都睜不開眼睛。原來昨晚沒有關窗簾，太陽從外面直照進來了。再看床上，被子已經整理好，上面放著疊得整整齊齊的睡衣。我跳了起來，衝到浴室一看，門開著，裡面沒人。再回到房間，才發現桌上有一張紙條：

　　謝謝你。這世上還是有好人的。

　　我看了紙條一會兒，腦中亂七八糟地掠過成千上萬種解釋、推測和想像。放下紙條後，我掀開被子，撲倒在床上，把臉埋到枕頭裡，直到後來呼吸有點困難了，才翻過身來，將那件睡衣攤開抱住我。我忽然想：「靠，也沒去看一下她的車是BMW還是Lexus。」

10

　　《金瓶梅》和《肉蒲團》都是很帶勁的小說，就可惜結尾都很殺風景，在極端的淫亂放縱後，一個是精盡人亡、輪迴報應，一個是輪迴報應、看破紅塵，鬧了半天原來這兩部我國最臭名昭著的淫書，主題都是勸人戒淫。就像《水滸傳》，不算那假冒的後五十回，前七十回裡也早把「聚義堂」改為「忠義堂」了，實在令人掃興。好在公道自在人心，從來讀《金瓶梅》和《肉蒲團》的都是風人，看完後個個欲火攻心，沒誰惕然省悟、清心寡欲的；從來讀《水滸傳》的也都是少年，看完後個個熱血沸騰，沒有誰油然而生忠君愛國之心的。官府的眼光也沒被它們騙過，明朝禁了《水滸傳》，本朝禁了《金瓶梅》和《肉蒲團》，可見眼睛雪亮的，不僅是人民群眾。

　　雖然我理解作者寫這些小說時所處的社會環境，但這樣明目張膽地改淫為貞、棄叛歸忠，其晚節之不保，已經超過了潘妮洛普（Penelope）改嫁、苔絲狄蒙娜（Desdemona）偷漢、文天祥投敵，簡直是人神共憤，實在讓我痛惜。我這篇小說，也貌似是在誇耀賭博經歷，所以如果我想勸人戒賭的話，還是早點說的好。張愛玲說過，出名要趁早。同理，失節也要趁早。

　　我倒不是反對賭博。我覺得小賭怡情，無可厚非，只要控制好自己的錢包就行。有人燒錢買音響、有人傾家蕩產追星，那花點錢找些賭博的刺激，又有何不可呢？但要是想通過賭博賺錢，如果是「巫賭派」蘿蔔賭經，則需要學點概率統計加心理治療。如果是靠算牌，那你需要有過人的才智、鋼鐵般的意志和一大筆本錢。可如果你有過人的才智、意志和本錢，做什麼不能發財，為什麼要選擇這個越來越難的高風險行業呢？

　　當然，每個讀者肯定都認為自己就擁有過人的才智和意志，至於本錢，也盡可慢慢積累。但據我所知，才智過人並不難，有百分之五十的人都可自誇為才智高於平均水平，可要說到能夠從事算牌的心理素質，恐怕這比例連百分之一都不到。假如我到英國軍情六處講課，我大概會鼓勵臺下的00X們去賭場賺點外快；可現在我只是在網上寫小說，雖然我樂觀地認為，凡是能堅持讀到這裡的讀者，個個都智力過人，但裡面適合做算牌手

的，大概也不超過百分之一。

　　所以，除非成功的算牌手能夠從賭場贏來蘿蔔們平均輸掉的九十九倍以上，且一個成功者給我帶來的心理安慰，是一個失敗者給我帶來的心理打擊的九十九倍以上，我才能鼓勵大家去算牌。但這兩個條件顯然都不成立，尤其是後者，一個人看了這小說後去算牌，成功了他會覺得這是由於自己才智過人、天縱英明，失敗了則無疑會怪罪我教唆慫恿、毒害誤導。從我這方面看來，雖然我可以大剌剌地說，別人怎麼想，關我屁事，但畢竟我不殺伯仁，伯仁由我死，一個人看了我的小說後去賭得傾家蕩產，對我的心理影響要遠大於九十九個人因我而去算牌發財。用西方法治精神的話說，就是「寧可放過一千，不可錯殺一個」。

　　因為人活著不是為了賺錢，而是為了心理上的幸福滿足感，如果我把這小說寫成算牌教材兼範例宣傳，把算牌吹得天花亂墜，既簡單易學又點石成金，當然可以增加些讀者乃至出書換錢，但君子愛財，取之有道，為一千萬美金出賣良心還可以考慮，為了一點稿費去騙人，可實在划不來。換言之，這件事給我帶來的負疚感，在一千萬美金和稿費之間。如果將來我暴富了，那上限可能會漲為十億美金，或者如果更可能的，我暴貧了，那下限或許會跌為一個饅頭。

　　不過這個討論就有些離題了，具體可見附四。要勸戒賭

博，我還是繼續來講一個算牌手的下場吧。

從拉斯維加斯回來後，我很長時間都沒去大西洋城。一來是曾經滄海難為水，大西洋城的二十一點跟拉斯維加斯比起來，只能讓我黃山歸來不看岳；二來是我新交了個女朋友，是我們系去年新來的中國學妹，個性比較外向，和我很談得來。一直到考完期末考試後，大家照例想出去玩，我和她租了輛車，先到紐澤西的「六面旗」（Six Flags）裡轉了個昏天黑地，然後晚上順路開到大西洋城，到我已經預定了免費房間的「凱撒宮」賭場休憩。

說是休憩，吃完晚飯後，雙腳就不由自主地把我帶入了賭區。學妹也早聽我吹過算牌的輝煌戰績，當然不肯放過，坐在一旁觀摩。

開始時一切正常，有贏有輸，兩個多小時下來，正當我略有倦意──畢竟在六面旗裡轉了一天──打算收兵時，忽然有人拍了拍我肩頭：「先生，我們需要你去保安處一趟。」

我抬頭一看，霍，兩個鐵塔也似的黑大漢，一左一右站在兩邊，虎視眈眈地看著我。我故作輕鬆地問：「怎麼了？出什麼事了？」

一個大漢說：「我們不知道。我們只是負責來護送你去保安處。」

　　我只好收拾了籌碼給學妹，叫她先上樓去，然後跟他們穿過賭場大廳，上了一層活動階梯，在曲折的過道間轉來轉去，直到他們停在一個房間前說：「到了。」推開門讓我進去。

　　這是個狹小的房間，中間擺了個桌子，桌後坐著個中年白人，打量罪犯似地死死盯了我一會兒，才冷冷地說：「請坐下。」我坐下後，兩個大漢緊緊在我兩邊站定，鉗子似地把我夾在中間。三個人都表情嚴肅，好像他們這麼一嚴肅，這房間還真成了高壓鍋，能把我心裡的祕密全部壓出來似的。

　　他們顯然把我的背景都調查清楚了，那個中年人說：「老搖先生，我是『凱撒宮』保安處經理。我們懷疑你出老千。」

　　對這個問題的答案，我早在算牌網站上看到過：「我沒有出老千。我只是算牌。算牌不犯法。」

　　「切！」他冷笑一聲，「老千都這麼說。現在我們要搜你全身。把衣服脫了。」

　　「什麼？」我站了起來，把雙手一舉，「要搜就搜好了，幹嘛要脫衣服？」

　　他面無表情地說：「我們懷疑你在衣服裡藏有作弊儀器。」

　　「別胡扯了！」我拍拍全身上下，「我這樣像是藏著儀器嗎？」

　　他往椅背上一靠：「老搖先生，我建議你的態度合作一點。」

　　我知道我沒有選擇，只好開始脫衣服，包括鞋子、襪子，脫得只剩一條內褲。每脫一件，兩個警衛就拿過去擺在桌上。我說：「好了，你們搜吧。」

　　他說：「把內褲也脫了！」

　　「什麼？」這下我真發火了，指著房間左上角的攝影鏡頭說：「你不要以為我不知道，你們這裡有攝影鏡頭！你們逼客人脫光衣服，然後把過程全拍下來？！你們這麼做是違法的，我要去告你們！」

　　他側頭微笑著說：「我們這麼做是完全合法的。如果你看過我們賭場的說明的話，你就應該知道，當你進入賭場，就表示你同意我們在必要的時候採取必要的手段來打擊作弊。」

　　「必要的手段？你們怎麼不懷疑我在肚子裡藏有儀器，把我開膛破肚啊？我怎麼知道你們不會把我的影像拿到色情網站上去出售？我要給我的律師先打個電話！」雖然我沒有個人律師，我還是盡量表現出憤怒和理直氣壯。

　　兩個警衛同時把手搭在我肩上：「請平靜點，先生。」

　　他們粗糙的大手直接接觸到我皮膚，讓我頓時出了一身雞皮疙瘩。我撥開他們的手，說：「好吧，我可以脫了褲子讓你們

檢查，但你們必須先把攝影鏡頭擋住，不要把這段也拍下來。」

「對不起，先生，」那個經理仍然是一副占盡上風的神情，「你大概不明白，這個攝影鏡頭並不只是為了拍下嫌疑人的行為，也是要監督我們審訊者的行為。如果我們把它擋住了，我可以向你保證，十秒鐘後就會有人來敲門。我們不能冒險。如果你出去後說在攝影鏡頭被擋住的那段時間裡，我們對你進行了騷擾怎麼辦？」

「那我要給我的律師先打個電話。」

「沒有必要。我們完全在遵循法律和賭場規定。如果你有異議，可以在事後告我們。我們那時可以調出這段影像，對證公堂。當然，」他壞笑著說，「我們會在某些部位打馬賽克。」然後他身子往前一傾，忽然加重了語氣，「可是現在，老搖先生，我們已經浪費太多時間了，如果你還不肯脫，我們就要被迫採取強制手段了。」

我嘆了口氣，知道再抗爭下去也是徒勞的，只好彎腰把內褲脫了。其實在國內上大學時，每次在澡堂裡都是一堆男生赤裸相見，也沒什麼不自然的。都怪美國太有個人隱私空間，把我慣壞了。

脫光後我就坐了下來。兩個警衛開始檢查我的衣物。我真後悔沒有三天不洗澡十天不換衣服。白天在六面旗倒是轉出了一

身臭汗，但到了旅館後已經洗過澡換過衣服了。

　　檢查結果當然是什麼也沒有。我把衣服重新穿上，那個經理又開始審問我，諸如：「你有沒有同夥？」「你是否認識發牌員？」「你以前是否在賭場工作過？」之類的無聊問題。我反正心中沒鬼，就一一如實回答。

　　折騰了大半天，他似乎終於相信我只是個算牌手了，對我宣布：「老搖先生，你知道算牌手在賭場是不受歡迎的。現在我正式通知你，你不能再踏入『凱撒宮』的財產範圍之內。」

　　「哈！」我終於占了一回上風，「你以為我不知道Ken Uston狀告賭場案？」

　　Ken Uston是世界上最著名的算牌手之一，大西洋城初開賭場時，他就前來淘金，很快被賭場禁止入內。他便把賭場告上法庭，一場官司打下來，紐澤西法院判決，賭場無權阻止算牌手進場。結果現在大西洋城的賭場只好採取其他方法來防止算牌手，比如規定他們只能在某些賭注限制極嚴的桌子上玩，並將二十一點的規則改得對算牌手更加不利（因此有很多算牌手認為，Ken Uston的勝利其實是失敗）。

　　經理對我知道Ken Uston並不驚訝，他面不改色地說：「很好，那麼你應該知道，下回你可以再來『凱撒宮』，但只能下平注（即賭注不變）。」

「我們走著瞧吧。」我挑釁地說，一邊站起來往外走，「我還會回來，還會繼續來贏錢的。」

經理微笑著看我離開，等我走到門口時，又像忽然想起了什麼似的：「哦，對了，最後我還要恭喜你。」

我轉過頭來看著他：「為了什麼？」

他以一種宣布我中了大獎的口氣說：「你要上Griffin名單了！」

Griffin名單是一家私人機構出版的「賭場壞蛋」名單，裡面既有真正的犯法老千，也有並不犯法、但賭場一樣痛恨的算牌手。這份名單是各大賭場安全部門必備，上面有眾嫌犯的名字、照片和劣跡。沒想到我居然能和Ken Uston等前輩高人並列榜上，感覺如同江湖小毛賊的野球拳也上了百曉生的《兵器譜》，不由得真心誠意地說：「哦，謝謝！我的榮幸！」

「樂於效勞。」他微笑著說。

我走出審訊間，摸回賭場，坐電梯回到房間。學妹還沒睡，躺在床上看電視，見我回來了，連忙問我怎麼回事。我把經過說了一下。這小妮子，不僅不擔心，反倒聽得興致盎然。到了脫內褲那段，更是笑得直打滾，一下子跳起來站在床上，左手高舉，右手戟指，居高臨下地對我喝道：「呔！大膽犯男，還不快脫下內褲，讓本官檢查！」

　　我嘆了口氣，心想：「為什麼我找的女朋友都是這種沒心沒肺型？看來有必要檢討自己的人生觀了。」抬頭說道：「娘娘，這可不是玩制服遊戲的時候吧。」

　　她立刻大喝一聲：「大膽刁男，竟敢不從，休怪本官用刑了！」一個虎跳，撲在我身上，動手就來剝我褲子。我只好行「圍魏救趙」之計，也去剝她的衣服。兩人一起倒在床上，翻滾嬉鬧間，也差不多把衣服都剝光了，最後她還是堅持要扮官，坐在我上面，正要成其好事，忽然門上響起了震天似的三聲敲門聲：「砰！砰！砰！」

　　學妹嚇了一跳，骨溜溜地就從我身上翻了下來，緊貼著我蜷在床內側。我朝外面怒吼一聲：「什麼鳥人？！」

　　門外傳來了更氣壯的喊聲：「保安處！」

　　「什麼？」我幾乎不能相信自己的耳朵。我恨恨地低聲罵了一句，大聲問道：「什麼事？」

　　「老搖先生，你必須立刻開門！」

　　我從床上幾步跑到門口，大喊：「你們又有什麼事？你不說我就不開門！」

　　這時我聽見門鎖處「嗶」的一聲響，我知道這是警衛試圖用他們的門卡開門，好在我眼明手快，趕緊拽過門旁的門鏈，扣在門上。「卡答」一聲，門開了，警衛大力將門推開，「喀」

的一聲刺響，卻被門鏈狠狠地掛住了。這聲音刺得我頭皮一陣發緊。

　　警衛又試著推了幾下門，但還是進不來。我在門後探頭看了看，來的也不是外人，就是剛才的那兩個黑大漢。其中一人在門外說道：「老搖先生，你必須立刻開門。賭場已經決定取消你的謝禮房間。你已無權在這裡居住。」

　　「什麼？」賭場的這番組合拳可真把我打得有點暈了，「荒唐！我已經住在這兒了，你們怎麼可以取消？！」

　　「我們當然可以取消。」他用不容置疑的口氣說。「關於『謝禮』的規定上都寫著的，我們保留隨時取消的權利。現在你必須立刻離開。」

　　「但我現在已經睡了！」

　　「那我們給你十分鐘時間收拾。」他下了最後通牒，「十分鐘後你要是還不開門，我們就只好破門而入了。你將承擔由此引起的一切後果。」

　　「十分鐘？我房間裡還有女士呢，起碼也要半小時！」

　　「先生，這不是討價還價，這是法律。你如果拒絕合作，我們只好採取強制手段，那時你就要面對更嚴重的指控了。」

　　「好吧，十分鐘！」我猛力把門砰地關上，嘆了口氣。房間裡學妹擁被擋在胸前，跪坐在床上。我說：「娘娘，妳也聽見

了，這就準備起駕吧！」

我們也沒什麼好收拾的。十分鐘後，兩人在警衛護送下，灰溜溜地離開了賭場。

11

　你當然知道，這次賭場挫敗，只會引發我更兇猛的反撲。三個星期後，我和學妹又再次租車出發，穿過紐澤西和紐約，來到康州的「快活林賭場」。

　沿著高速公路，穿過茂密的森林，順著小路再開二十分鐘，眼前會拔地而起三座連體大廈，個個富麗堂皇，與林外那個平凡渾庸的俗世相比，恍若世外桃源。我看著樓裡樓外遍布的印第安雕塑，想起上次還是學長帶我來這裡的，現在已經是我帶學妹來了，心中油然而起一種印第安人式的感慨，恍惚身處源遠流長的歷史長河中，在前方已失蹤的學長的魂魄引導下，我將這偉大傳統又傳給了下一代。不知是「接過雷鋒的槍」還是Jedi之歌的背景音樂響起，已盡到自己這一代「承先啟後」責任的我，帶

著微笑，走向宿命，任風把我吹散在時光的河流之中……

「喂，辦卡是這邊，你往哪兒走呢？」

學妹大喝一聲，把我從幻想世界中驚醒。我心中暗想：不好，這個賭場的法術頗為深厚，迷魂術已達九級功力，怪不得近年來生意蒸蒸日上，定有印第安老巫師在暗中主持。自古邪不壓正、夷不勝華，待寡人戴上吾中華祕傳法寶「白玉十旒平天冠」，護住腦力，與他一決高低。

想著這些自娛的念頭，我戴上棒球帽，跟在學妹後面，走到辦會員卡的地方。她去辦了張卡。我身為Griffin榜上有名人物，自然就不用枉費這分心了。然後我們直接兵發二十一點區，轉了兩圈，找到個切牌最少的桌子坐下。學妹遞過會員卡給發牌員，我買了五百塊錢的籌碼，四黑二綠十紅。拿到籌碼後，我看也不看，便拍下一個黑籌碼。

「你瘋了？壓這麼大！」學妹連忙把這個籌碼拿回，換了兩個紅籌碼。我咕噥著說：「有什麼關係？我覺得手氣不錯嘛！」但學妹就坐在旁邊督戰，所以我只好敢言而不敢動。

這盒牌沒什麼出奇，始終沒有出現大點數。學妹看得都有些不耐煩了，我不時和她玩些「貓抓老鼠」的遊戲，放上大籌碼，再被她盡職地發現、撤下，也免得她無聊。好在第二盒玩到大半時，平均點數終於開始升高，等到點數為三時，我把左手放

到帽簷。

　　再看學妹，卻毫無反應。我只好用腿在桌下碰了她一下，又欺發牌員是白人，用中文說：「妳該去廁所了。」

　　學妹這才解除螢幕保護狀態，恢復運行。她站起來用英文說：「親愛的，我去上一下廁所。」

　　我說：「OK。」等她走後，馬上在賭注圈裡放進一個黑籌碼，一邊對發牌員笑著說：「女人啊，就是膽小。」

　　發牌員笑笑，說：「但有時她們倒也確實是對的。」

　　「嘿，你可別用牌來證明這個！」我開了個賭客常開的玩笑。

　　發牌員笑著說：「我會盡量給你好牌的——就像盡量給所有人好牌一樣。」

　　結果他還真沒食言，一直玩到重新洗牌，我都是贏多輸少。等到下盒牌開始時，我又把左手放到帽簷，學妹馬上就又出現了，及時拿掉我放下的黑色籌碼，罵道：「你又亂壓！輸了怎麼辦？一百塊錢呢！」

　　我說：「一百塊算什麼？那要不壓四十吧？」

　　「四十？」學妹馬上反應過來了，知道剛才那盒我贏了四百塊，但仍然以無可挑剔的演技說：「不行，只能壓十塊！」

　　此後的劇情便是重複了。平時學妹會阻住我的大賭注，但

只要點數高，我便發出信號，她找個藉口離開，我的大賭注就順理成章地壓上去了，直到重新洗牌或者點數低了，我又發出信號，她再回來。

這是我想出來對付賭場監督的辦法。在賭場看來，我們只是一個喜歡刺激的丈夫和一個謹慎的妻子（我們還去Walmart買了兩個便宜戒指戴在無名指上），這樣的人在賭場裡比天花板上的錄影鏡頭還多，絲毫也不會引起注意。有道是「道高一尺，魔高一丈」，如果不是賭場禁了我，我也不會想出這樣的高招來。這要讓達爾文看見了，肯定會把同屬靈長目人科智人種的「賭場類人」和「算牌類人」之間的共存競爭進化寫進他的《物種原始》裡去。

當然，我也進行了必要的化裝，留了鬍子和頭髮，戴了頂棒球帽。至於本錢，我目前積累有賭博贏來的七千塊，加上到美國兩年來的積蓄，已經有一萬兩千塊，還有兩張上限各為五千的信用卡，一張能刷四千塊錢的現金。這樣一共有兩萬美金的本錢，應該足夠應付大賭注帶來的風險。我和學妹用這個辦法到大西洋城去試了一下，實驗進行得非常順利，只是學妹稍有些太容易走神，經常需要我碰一下滑鼠，把她從睡眠狀態中喚回。

有了這個辦法，當然我就不再滿足於小小的大西洋城。我定下了個宏偉目標——賭遍美國。

史丹佛・王辦有一個叫《二十一點新聞》（Current BlackJack News）的月刊，除了關於二十一點的新聞，還有美國和加拿大各賭場的二十一點遊戲狀況，包括桌數、賭注範圍、切牌情況、具體規則，甚至還為你算出算牌手可以占到的優勢。我買了一期，然後依照上面的賭場位置，在美國地圖上畫出了路線圖：

1. 首先是新英格蘭：從費城出發，大西洋城就不屑去了，直奔「快活林」，然後是康州的另一家印第安人保留區賭場「金神」（Mohegan Sun）。從康州往北，到波士頓玩一兩天，再繼續往北，進入加拿大。

2. 在加拿大，先去蒙特婁大賭場，然後往西，一路經過渥太華、多倫多，順路玩些安大略省的賭場，從尼加拉瀑布回到美國，因為這個大瀑布一半屬於加拿大，一半屬於美國，所以得從兩邊都看一下，才能窺得全貌。另外美國人和加拿大人在瀑布兩側各開了一個賭場，所以去那裡也屬賺錢計畫的一部分。

3. 回到美國中部後，沿著密西根州的賭場，來到芝加哥。這個「風之都」所在的伊利諾州有個虛偽的規定：本州土地上不得開賭場，結果就是芝加哥的賭場老闆也都是

守法好公民，賭場不開在土地上，都在船上。伊利諾州西面的密蘇里州倒也有賭場，但當地法律規定，兩小時內最多只能買五百塊錢的籌碼，所以我們將不會在該州逗留，直接開車進入廣闊的中西部。

4. 中西部地大人稀，我們主要是開車穿越，只在堪薩斯州唯一有賭場的城市「托皮卡」（Topeka）停留一下。風景也只看大峽谷，和科羅拉多州的South Park——我很喜歡《南方公園》這部卡通片，立志要在該鎮那塊木板招牌旁照張照片。

5. 然後就是我們的天堂了：拉斯維加斯。我們將在那裡停留一週，然後往西南去聖地牙哥、洛杉磯，再往北沿著著名的一號公路，開到舊金山。在舊金山旁的優勝美地野營之後，旁邊就是內華達州的另一賭城：雷諾。最後仍然是又回到拉斯維加斯，再玩一週。

6. 在享用了拉斯維加斯這頓大餐後，美南的亞利桑納州和新墨西哥州只是兩個小點心而已，真正的目標還是穿過巨大的德克薩斯州後的路易斯安那州。那裡不僅是黑人音樂之鄉、美國的法蘭西，還是僅次於拉斯維加斯的算牌手第二樂園。這已是我們的最後一站了，又是著名的享樂勝地，所以我們計畫在路州多盤桓一陣，只要在開

學前趕回費城就行了。也不過兩天的車程。

　　整個行程大概需要兩個月，我們在六月中出發，正好可以把暑假都玩掉。目標也不是賺多少錢，而更多的是遊山玩水，只不過打算讓賭場支付遊玩的費用，再加上包吃包住。說到底，我們的目的是玩個痛快，而不是錙銖必賺。

　　為防萬一，我還在當地的槍展上買了把手槍。從法律上講，買槍需要擁槍證，有時還需要持槍證（前者表示你可以擁有槍，後者表示你可以把槍帶出家去），我一個外國留學生，本來是申請不到這些證件的，但賓州是美國的槍枝大州，槍展多如牛毛，那些槍販子們才不管你是黑社會還是良民，只要你給錢就照賣不誤。槍展上各種長槍短槍，琳琅滿目，看得我眼饞不已，只恨自己太窮，絕大部分槍都在一百塊以上，稍好一點的就得上千。我最後買了枝Davis P380手槍，外表樸實無華，威力平常無奇，不過好歹也是把槍，雖非殺人滅口之必備良槍，也是居家旅行之壯膽利器，又正在打折，才六十多塊錢。

　　現在賭遍美國的第一站進行得很順利。我們贏了六百塊錢，並吃了頓免費晚餐，學妹向桌面經理要免費房間，桌面經理毫不懷疑地就給了。我站在房間的大落地窗前，看著賭場另一側通明的燈火，盤算著等賭遍美國後歸來，去槍展奶奶的撿它最

貴的、最酷的、最猛的，德國的、美國的、俄羅斯的，各買一把。一把左手，一把右手，還有一把帶上飛機跟恐怖分子搏鬥用……

「喂，你在樂什麼？」我一臉傻笑的浮想聯翩樣被學妹發現了。

「樂什麼？」我轉過身來笑著說：「我在給這次的旅行起名字呢！」

「起名字？叫什麼？」

「數學樂旅！」

「數學樂旅？」學妹一怔，然後咯咯地笑起來，「這個名字挺好玩！」

「呵呵，跟余秋雨開個玩笑而已。這些文人，出去玩這麼開心的事，還整天愁眉苦臉的，琢磨這個，附會那個，說是什麼苦旅。這不是裝大牌嗎？我可不來這套，出來一趟，遊山玩水賺外快、訪親交友做大愛，都是樂旅！」

我說著便一把將她撲倒在床上，「好了，我們這就來做樂旅上的第一次愛吧！」

後來我跟學妹雖然分手，仍然保持著聯繫，她聽說我在寫書，把我們的旅行叫《數學樂旅》，便發email給我說：「《數學樂旅》這個名字太不刺激了，你不如叫《賭遍美國》，保證受

歡迎，如果將來出書也比較好賣。」

　　我回信說：「這不就是滿足一點虛榮心嗎？出書好賣不就是多賺點錢嗎？我把它叫《數學樂旅》，嘲笑那幫文人一把，這滿足感可比虛榮和賺錢大多了。」

　　我的意思是，那幫人成天不是「文化苦旅」就是「感動中國」，要不就是「淚流滿面」、「激情燃燒」，雖然中國人是出名的感情廉價，漢語是出名的因詞害義，但被他們這麼濫用，也實在是欺人太甚了，簡直比嫖客以為自己付了錢就可以任意蹂躪妓女還令人憤慨。我好歹從小遍讀中文古典小說，對這門語言感情很深，因此定要抓住一切機會嘲笑這幫文人，為漢語報仇。如果為了區區虛榮心或者銷售量就放過了他們，我會覺得對不起同胞、對不起漢語的。

12

　　樂旅從第二天開始就不太樂了。在「快活林」贏來的六百塊錢，在「金神」又連本帶利地輸了回去。雖然我們到波士頓摸了偽哈佛的左腳，但他老人家的專長是保佑我們考場得意，因此我們在賭場上繼續失意。進入加拿大後，我們就一路丟盔卸甲，遇神輸神，遇鬼輸鬼，大小賭場通吃，渡過大瀑布回到美國時，已經把以前贏來的七千塊全部輸光。

　　在遊覽多倫多時，我們還能裝作若無其事。看完大瀑布後，在美國這側的賭場，我又一口氣輸掉了兩千塊錢。這已經不是賭場賺來的外快，而是自己積蓄的血汗錢。學妹終於忍不住了，建議說：「算了，看來最近運氣不好，我們不如就此打住，回學校吧。」

　　這種「運氣論」當然遭到我嚴詞駁斥：「妳好歹也是電腦專業的，怎麼不相信概率，倒相信什麼運氣呢？運氣不就是實際值在期望值上下的波動嗎？我前一陣子運氣比較好，在大西洋城和拉斯維加斯贏了些錢，這次往反方向波動一下也是正常的。」

　　「可你這往反方向波動一下，也波動得太大了吧？你前面大半年才贏來的錢，兩個星期就輸掉了。這不是概率問題，已經是系統誤差了，你肯定在哪兒出了問題！」

　　「這很好理解啊。我以前贏錢的時候，一把才壓幾十塊，現在一把就壓幾百，當然輸得比贏得快了！可是妳也應該知道的，後面是否輸贏和前面的結果是相互獨立的事件，沒有說前面贏後面也會贏、前面輸後面也會輸的！」

　　學妹畢竟是資訊工程系的，同屬數學女神門下，見我抬出數學來，也同樣用數學反駁：「我沒有說後面也會跟前面一樣輸，我只是說，後面也同樣有輸的可能。你現在既然本錢基本輸光，下面就要冒欠帳輸錢的危險了。這個風險太大，我認為已經超過了你的收穫預期值。」

　　她這話邏輯清晰、道理確鑿，我無可反駁，但我剛輸掉一萬美金，正處在急欲扳回的蘿蔔狀態中，哪裡肯停手，臨時找了個說法：「妳說得對，現在本錢小了，我們的賭注就該變小，我以後提高賭注時，不壓一百了，從五十開始壓起，不就可以了

嗎？」

　　學妹沒有說話。我想大概她正在忍受數學女神的懲罰吧。

　　而我說這話時，內心不僅冒著背叛數學女神的譴責，還頂著誠實之神的壓力，因為這不過是暫時穩住她的緩兵之計，真進了賭場後，我還是從一百壓起，反正每當我提高賭注時，她都已先走開。當然，這時我在心裡就開始向幸運女神祈禱了。

　　還好，阿芙柔黛緹能戰勝雅典娜，幸運女神的威力也壓倒了數學女神，從密西根到芝加哥，我贏了四千美金，把自己的血汗錢贏回來了不說，還又重新開始盈利了。我們倆都鬆了口氣，希爾斯大廈、自然博物館、公牛隊主場、爵士樂酒吧，玩了個遍。最開心的還是芝加哥唐人街上的很多飯店，味道做得很純正，讓我們大快朵頤了一番。

　　出了芝加哥後，我們去伊利諾州南端的「大都會」（Metropolis）。運氣在那裡再次轉向，我把剛贏來的四千塊錢又輸回去了。但我們都被前一陣子的勝利所迷惑，堅信這只是正常的波動，依然按計畫轉往西，開去堪薩斯州的托皮卡。剛進入密蘇里州，又顯現了一個壞兆頭：我超速被警察抓住了。

　　這得怪中西部的公路太好，不像東部的公路，都是彎彎曲曲的，車還多，這裡路都是筆直的，車又少，我還沒打算真的飆呢，就上了一百英里，被埋伏在路邊的警察逮個正著。結果自然

是一張罰單，一百五十元。

警車走後，我順手把罰單扔給學妹。學妹說：「還是你自己拿著吧，我這人丟三落四的，最容易丟東西。」

我哈哈一笑，說：「就是給妳丟掉的啊！妳還以為我會付這個罰單嗎？」

學妹一貫喜歡歪門邪道，頓時來了興致：「啊，罰單還可以不付的啊？」

「這罰單是密蘇里州開的——這荒山野嶺的，誰他媽將來還會再來啊——只要別被密蘇里州的警察又抓住，就沒事！」

「還有這種事？他們不會查的嗎？不過一百五十塊錢而已，值得冒險嗎？」

我知道學妹一向對美國生活充滿另類的憧憬，就仔細給她解釋說：「可不止一百五十塊錢，關鍵還是要在你的駕照記錄上記兩點，那你將來買保險的時候可就慘了。這種州警察不用怕的，這裡窮鄉僻壤的，你以為他們還有經費去賓州追查啊？」

學妹大開眼界地說：「哈，原來還有這樣的事情！我算是學到了！」

於是這第二個壞兆頭也被我們成功地化悲慟為力量，一路高歌猛進，四個小時後抵達托皮卡，準備大幹一場。

但很快我們就發現那確實是個壞兆頭，因為我兩個小時就

輸了三千塊錢，屍橫遍野之慘狀，簡直比我第一次去大西洋城時還要更血腥。這下最後的現金本錢也輸光了，我一咬牙，拿出信用卡來，刷出四千塊現金，回到賭桌。但這回當點數升高，我把左手放到帽簷時，學妹卻不肯離開了。

我還以為她又忘了，用中文提醒她說：「妳該走開了。」

學妹斬釘截鐵地說：「我不走了。我覺得不對，你現在怎麼輸得那麼快，肯定沒有從五十塊壓起，肯定還是壓了一百塊甚至兩百塊。你現在已經在刷信用卡的錢玩了，我得幫你看著點。」

我著急地說：「妳在這兒看著，我怎麼提高賭注？會被賭場懷疑的！」

「沒那麼容易懷疑，」學妹說，「你壓一百就是了。」

我莫名其妙地壓上一個黑籌碼，學妹立刻動手將它拿下，換上兩個綠籌碼。我說：「這不行，會少贏五十的！」

「嘿，我就知道，你果然是背著我壓一百！」

我自知理虧，一時無話可說。可這把牌下來，我十九點贏莊家十七點，讓我又忍不住咕噥了：「妳看，少贏五十了吧。」

「可也讓你避免了多輸五十的風險！」學妹乾淨俐落地回答說。我真有些後悔給她講過那麼多反蘿蔔理論，她現在青出於藍而勝於藍，已經修煉到姑蘇慕容「以彼之技，還施彼身」的境

界了。但我還是企圖「數學高一尺，蘿蔔高一丈」，下一把又壓上一百，並對她解釋說：「剛才這把下來，平均點數上升到四，該再加倍了。」

「別又想騙我了！」學妹堅決地給我再次換了籌碼，「我看著呢，剛才那把出的小牌和大牌差不多，怎麼就會升那麼快？！」

我有點急了，一下子又把黑籌碼換了回去：「是妳算牌還是我算牌啊？是我輸了一萬多妳知不知道？不提高賭注怎麼扳回來？」

學妹毫不買帳：「該採取什麼策略與你輸了多少沒有關係！」

這次我護住了籌碼，讓她沒法再換回五十塊。兩人拉扯起來，桌上的人雖然聽不懂我們在用中文吵什麼，但也似乎沒有太大驚小怪。在賭場，這種老公發狂傾家一注的事情，恐怕每時每刻都在發生吧。桌面經理走了過來，但還沒等他開口，我就對發牌員說：「沒關係，你發牌吧，這邊的事情我會處理的。」

學妹見奪不過籌碼，怒氣沖沖地扔下一句：「不用你處理了！」霍地站起來走了。

我想去追，但現在點數正高，走不開。我裝作若無其事，頂著大家各異的目光，算完了這盒牌，然後趕緊收好籌碼，心急

如焚地趕回旅館房間。

剛出電梯，迎面就撞上學妹，正拖著行李箱，大步流星地往電梯裡走。我攔住她說：「喂，妳這是幹什麼？」

「我不玩了！」學妹大聲說，「你自己去樂旅吧！我回學校了！祝你之後一路好運，中個百萬富翁回來！」

「我一個人怎麼樂旅？得用妳的身分辦會員卡啊？」

「哈，那我管不著，你自己想辦法吧，反正我不奉陪了！」

我拉住她說：「妳別任性了！妳一個人，這裡荒郊野嶺的，妳要去哪裡？出事遇到人口販子怎麼辦？」

「多謝你關心了！」學妹用力把我的手撥開，「你還是多擔心點你自己吧，別把褲子都輸光了回來！」

「妳何必呢？這樣吧，」我還想勸住她，「妳再待一夜，明天早上我開車送妳去堪薩斯城。」

「你不要再攔著我了。」學妹冷冷地說，「不然我就要報警了。我不用你送，我又不是傻子，坐飛機回學校還是會的。」她拖著行李箱走向電梯，走了幾步，又回過頭來說了一句：「回學校後，我們就誰也別找誰了。」

我看著她走進電梯，看著電梯間的數字從我們這層樓一路下降，直到一樓停住。我回到房間，撲通一聲倒在床上，雙手

枕在腦後，看著天花板。我想分析學妹為什麼會突然離開，又想計畫一下，學妹走後我在偽裝、謝禮、賭注上該如何應付，又想權衡一下，是否應該放棄，趁著信用卡上的錢還沒有輸掉，收手還來得及。我還沒有想出任何名堂，就聽見有人敲門。那節奏挺耳熟，應該是學妹。我趕緊去開了門，果然是她。我嘿嘿一笑，說：「我就知道妳會回來的！」

學妹遞給我一個信封：「這裡面是三百塊現金。我的ATM卡有上限，一次只能取這麼多，你湊合著用吧。」

「妳這是什麼意思？」

學妹面無表情地說：「這一路上用的都是你的錢，這三百塊錢算是我那份。你要是嫌少，回學校跟我說，我再補給你。」

我哭笑不得地說：「妳這不是酸我嗎？我什麼時候向妳要錢了？我們當初不是說好的嗎？出來玩花的錢都是贏來的公費裡出。」

「公費不是輸光了嗎？」學妹將信封塞到我手裡，「你還是收著吧！雖然不多，不過也夠你開車回費城的飯錢、油錢、旅館錢了。」

「那也不用這麼多，」我打開信封，想給她些錢，「妳路上難道不要用錢嗎？」

「不必，」學妹擺擺手，退後兩步，「我有信用卡，不用

你擔心了。你要嫌多，就賭掉吧，贏了算你的，輸了算我的。再說，」她的神色不無諷刺，「我剛才不害你少贏了五十塊錢嗎？算我賠你的！」

真是欺師滅祖，我教給她的一些賭博原理都被她用來搶白我了。

學妹再次離去後，我的腦子更亂了。在床上又躺了一陣，但頭都想疼了，還是什麼也沒想清楚，最後只剩下兩個念頭：我輸了一萬二。我要扳回來。

可是怎麼扳？我想不出來。也許是和學妹鬥氣，也許是急於求成，我決定再次提高賭注，一旦點數達到兩點，就壓一百，三點壓兩百，四點壓三百，依此類推，直到一千。當然，結局你肯定也猜出來了。當第二天早上，我把從另一張信用卡裡刷出的四千塊也輸光時，我驀然抬頭看見賭場對面牆上，一幅巨大的印第安壁畫。我忽然想起了樂旅的起點「快活林」，那也是一家印第安賭場。我陡然意識到，我果然重複了學長的命運。

剎那間我萬念俱灰，唯有羞愧如烈火般豔紅灼熱。

13

　　樂旅就這麼結束了。我開車回到費城（我總算控制住了自己，沒有把學妹給我的三百塊錢也賭掉），考慮如何面對現實。輸光了以前辛苦贏來的錢和自己的積蓄也就算了，關鍵是兩張信用卡各取了四千塊錢的現金，加上手續費、利息和一路上刷卡花的錢，總數已達到一萬。我這個暑假為了去樂旅，推掉了系裡的助教和助研，因此毫無收入。帳單月底就要付，如果不付，那利滾利下來更了不得。怎麼辦？

　　我上下打量打量自己，平時也挺活躍的一個人，說起來坑矇拐騙好像都沾點邊，可真要賺錢的時候，其實還是兩袖清風、身無長技。畢竟不是在國內，找個哥兒們，賣點東西，說不定也能發點小財。想來想去，能說得上本事的，還就是算牌。

　　這大半年來，我除了在賭場前線作戰，也在網上泡了些算牌手網站，跟一些職業算牌手混了個臉熟。我發了個帖說：「本人富有算牌經驗，曾有一晚贏兩千的業績，因本錢不夠，尋東岸算牌團隊合作。」有個叫比爾的回覆：「本週四算牌手在大西洋城某飯店聚會，你也來看看吧。」

　　這個聚會每月一次，我以前也知道，但一直沒去過。到了星期四，我搭費城唐人街開出的「發財巴士」，去大西洋城。車裡照例又坐滿了蘿蔔，大談各派賭經，氣氛之熱烈，直追古希臘廣場，各人之自信，猶如文革大辯論。我當然不會理他們，只顧心事重重地想著下一步的計畫。坐在我旁邊的人卻不容我一人向隅，於激戰中轉身大聲問我：「喂，小伙子，你倒說說，我跟他說得哪個有理？」

　　我莫名其妙地問：「你們說什麼吶？」

　　「他說見好就要收，贏到錢了趕緊就收，免得再輸回去。我說見好就要追，贏錢說明你氣盛嘛，對不對？不追就浪費了！見好就收，哪天才能贏大錢哪？！收，收，收，輸了才收，哪有贏了錢還收的？對不對？反正是……」

　　「嘿，你不收是吧？你追是吧？」坐在對面的中年男人打斷他說，「你這一追，遲早要把剛才贏的錢再輸回去！」

　　「你聽，你聽！」他手指著那人，轉身對我說：「這人要

能贏錢才怪了！」

「哦，就吵這個啊，」我不耐煩地說，「這有什麼好吵的，你們倆都贏不了！」

「什麼？！」他們倆同時叫道，「那你倒說怎麼才能贏？」

「怎麼才能贏？誰也贏不了！」我沒好氣地說，「你們也不想想，賭場老闆花了幾億幾千萬美金蓋的賭場，就是給你們贏錢的？人家都請了風水師看過風水，八卦師設計布局，你進去就是陷進去他們的局了，不輸光就出不來的……」

「不輸光就出不來？哪有這話！我常在賭場贏錢的！對不對？有一次我一晚上贏了三千多呢！」

「那你次次都贏嗎？每次都贏三千嗎？還不是贏少輸多？你懂不懂風水？你看那賭場的布局，門前都有流水。水是什麼？水就是財啊！這財是動的，一會兒流到你這兒，一會兒流到他那兒，但歸根結柢，你看好了，賭場門前的水都是從外面流到裡面去的。這是什麼意思？就是說你們的財都要流到賭場那裡去！還有這個大門，你看賭場的大門，都按八卦陣設計的，生門都關著，大門都是死門……」

「嘿，這個我懂！我問過風水先生，每次都要從側門進，進去後看時辰，要找對時辰的桌子……」

「你那風水先生問一次多少錢？十塊錢？」我不屑地說，「人家賭場請的風水先生多少錢？那沒一百萬不出手的！你們這裡面差多少級？你說他能破得了賭場的局？人家賭場下了多少投資？他們都養小鬼的！要不你說莊家的運怎麼總那麼旺？有小鬼在裡面幫他們聚錢呢！你還想贏錢？你除非自己也養小鬼！你那風水先生有什麼道行？敵得過人家小鬼的法力？」

那人不服氣地問：「那你坐這巴士去大西洋城幹什麼？輸錢啊？你養小鬼啊？」

「我去參加朋友聚會！正好在大西洋城，所以我搭這巴士去。你以為我去賭場啊？！」我理直氣壯地說，「大家都是中國人，在美國賺錢也都不容易，我冒昧地勸一句，久賭必輸，你們搞不過賭場的，還是把血汗錢省下來，養家餬口不好嗎？」

「你這是迷信，」他搖搖頭說，「養小鬼都出來了，還養狐狸精哪？這賭博也是門學問，多少人鑽研出辦法來，賺了大錢，是真學問！對不對？不帶迷信的！」說著他轉過身去，又進行他的學術討論了。

我繼續閉目養神。車到大西洋城後，停在「凱撒宮」賭場，我匆匆地兌現了泥碼，走了大約十五分鐘的路，找到聚會場所。說是聚會，也就是五、六個人，坐在酒店一角聊天。我過去打了個招呼，一個中年男人站起來和我握手：「歡迎你，老搖！

我是比爾。」

接著大家都彼此介紹過了，乃是清一色的白人男性，長相都很普通，不是微笑可親的家庭婦男型，就是木訥沉默的書獃子型，沒一個是我此前想像的眼中精光四射、滿臉精悍強幹、乃至太陽穴高高凸起的武林高手型。比爾留著大鬍子，挺著個超級啤酒肚，手裡拿著一瓶海尼根，於談笑風生間問清了我的來龍去脈，很爽快地說：「來，我們來試試吧！」

我們將中間的茶几清理乾淨，比爾拿出六副牌盒來，熟練地洗牌。他是個左撇子，左手食指齊根不見，結了個血紅色的大疤。我知道過去的算牌手多有些歪門邪道，也不好問。他神色自若地用四根手指把牌洗得啪啦啪啦響，一會兒就洗完了六副牌。然後他扮莊家，飛快地發下牌來，我扮玩家一一應對。

大家都在旁邊饒有興致地看著，遇到有意思的牌局還開幾句玩笑。發到大概一副牌時，比爾忽然停了下來，問道：「多少點了？」

我說：「四點。」

比爾點了點頭，旁邊其他人有的也點頭，有個人笑著說：「我這裡是一點。我是用KO算牌法的。」大家笑笑，比爾卻白了其中一個人一眼，繼續發牌。

如此又重複幾番，我始終沒有跟丟點數，每次都準確回答

出來了。六副牌全發完後，點數成功歸零。比爾把牌重新洗好，給我一堆籌碼，說：「現在我要求你用這個賭注策略：零點或以下十塊，一點十五塊，兩點二十五塊，三點五十塊，四點七十五塊，五點或更多一百塊。你記住了嗎？」

我說：「記住了，開始吧。」

他這副牌大概是調過的，一開始不久就出現高點數，我按照他定的策略小心下注。沒多久，忽然聽見一個女人嬌滴滴的聲音：「嗨，帥哥，我可以進來玩嗎？」

我轉頭一看，是個三十多歲的金髮美女，臉上化著濃妝，低領上衣露出大半個胸，手裡端著一個高腳酒杯，笑盈盈地看著我。我看了一下比爾他們，只見他們都笑嘻嘻和她打招呼：「哈囉，莎朗！」我馬上明白了，立刻說：「當然可以，歡迎之至！」

莎朗坐下後，比爾也給她發一份牌。她一會兒問我她這手牌該怎麼玩，一會兒說我那手牌應該那麼玩，一會兒問我交過幾個女朋友，一會兒笑罵白種男人都不是好東西，還時常動手動腳，一會兒在我肩上拍拍，一會兒往我身上蹭蹭。好在這半年來我也算身經百戰，一邊算牌，一邊也還能對付得過去。至於她暴露出來的酥胸，上面的皮膚已經頗有些鬆弛了，隱隱地都起了斑點，因此也分不了我的神。

這盒牌結束後，比爾說：「老搖，我還有最後一樣東西想測試一下。」他從剛才那盒牌裡抓出一堆來，問我：「這裡大概有多少牌？」

我估計了一下說：「兩副。」

「不對，是兩副半。」比爾熟練地將牌分為同高的兩疊，然後再分兩次，將那疊牌一數：「十六張。乘以八是一百二十八，在兩副半的誤差範圍內。」他握住牌在桌上敲了敲，說：「老搖，我發現你算牌的點數比較準確，也不太受外來的干擾，可是對剩餘副數的估計上有嚴重偏差。不僅是剛才這個估計出錯，在你算牌下賭注時，我發現你對平均每副點數的估算也總是偏高。」

這個結論太突然了，我被打擊得腦中一片混亂，語無倫次地說：「怎……怎麼可能呢？我贏過很多錢的，不可能啊，怎麼會估錯牌呢？」

「但你最終還是輸光了不是？」比爾咄咄逼人地說。

「那只是我運氣不好……」

「還是因為你總是把點數估高，導致了更大的風險？」比爾緊盯著我的眼睛。

「那，那我還可以練啊……」

「很抱歉，老搖，」比爾搖了搖頭，「我們會訓練新手，

但像你這樣已經玩過很多時間的算牌手，我很懷疑舊習慣是否還糾正得過來。我們沒有足夠的資源來做這件事。況且你又在Griffin名單上，進一步提高了我們的成本。」

「這沒關係啊，」我急忙說，「我可以化裝的……」

比爾微微一笑：「你也知道算牌這門職業的風險。我們必須仔細計算成本和收益，不能輕易冒失敗的危險。像你這種情況，對我們的成本太高。」

「比爾，給他個機會嘛，」莎朗嘟起嘴說，「我喜歡這年輕人，他一看就很聰明，肯定能學好的。」

「莎朗，妳總是太老好人了，」比爾搖頭說，「新出爐的算牌手，輸光了本錢，來找我們想入團合作，他又不是第一個。你還記得彼得嗎？」

「哦，彼得！」旁邊有人作痛苦狀，「你們在他身上損失了多少錢？五萬？」

比爾回答說：「三萬兩千元，四十五小時的訓練人工，和無法計算的心理損失。」

聽著他們的對話，我也從最初的震驚中恢復過來。我清楚地意識到，再爭辯下去也是自取其辱，於是放棄掙扎，站起來禮貌地和他們說了再見。

他們和我一一握手道別。莎朗尤其滿臉同情，連說sorry。

這同情讓我受不了，因此我拒絕了她要送我出去的好意，獨自走出飯店，回到「凱撒宮」賭場。

「發財巴士」站旁早坐滿了等著回去的遊客。我坐在地上，靠牆發呆。兩個小時後，我們的巴士開上回程，坐在我旁邊的那個人今天贏了不少，興高采烈地大談他的賭經如何正確，還嘲弄了幾句我的愁眉苦臉。我一句反擊的話都說不出來，因為我知道，我才是這輛車上最大的蘿蔔。

等我回到住處，無力地躺在床上時，這個念頭已升級為「原來我才是世界上最大的蘿蔔」。過去的種種蘿蔔事蹟和蘿蔔念頭，逐個在我心頭閃過，我甚至能清晰地回想起，當時我曾多麼得意地自以為「運用之妙，存乎一心」，或者曾多麼絕望地存希冀於僥倖，而置數學於不顧。如今我為階下囚，只能仰頭看著它們登臺控訴、遊行示威，盡情將我羞辱。我生平第一次覺得也許余秋雨是對的，而莊子是錯的。也許人生真的是苦旅，我們只能小心翼翼地生活、誠惶誠恐地跟從、莊嚴肅穆地感想、蓋棺定論地死去。至於搏扶搖而上九萬里、背負青天的樂旅，視下其遠而無所至極、不顧蜩鳩的樂旅，生於北冥而徙於南冥、死於姑射雪山的樂旅，大概只存在於莊子的想像和我的一廂情願吧。

14

　　認清了我蘿蔔的本來面目，或許能讓值日功曹在我的陰騭簿上添一筆，卻不能使我的帳單少一分。我得趕緊出去賺點外快。算牌這條路我已經澈底死心了，剩下來的看家本事，也就是老本行：電腦。暑假都快過去了，再到公司找實習機會是不可能的了，打零工我的學生身分又不允許，只好去唐人街碰碰運氣。

　　我在網上註冊了個域名，設計了個網頁，然後逐家去找唐人街的飯店：「老闆，現在是網路時代了，很多人都透過網路來找餐廳。你看，我可以給你們設計個網頁，包管你們生意爆滿、財源廣進！」

　　老闆們一概都說：「什麼網路？我們不花這冤枉錢！」或者，「哦，網路啊？我們早給費城華人協會交過錢了，他們辦了

個網頁，上面就有我們的飯店。」

「那個網頁啊，我看過的，什麼也沒有！」我拿出我列印出來的網頁，「你看，我給你們設計個新網頁，不光只有電話號碼，還有你們的菜單，什麼特色菜啊、時鮮菜啊，葷菜素菜、山味海鮮，都分類好了，價格也列出來了，客人還可以自己先選些合意的菜，然後下面這個小格子裡就把總價格給算出來了，多方便！還有這兒，客人可以找到怎麼開車來你們飯店……」

「哎呀，我們小本經營，不需要這些東西的……」

「這不貴！我給你們設計個網頁，只收一百塊！這還多嗎？可以給你們多吸引來多少客人？現在是網路時代，人人都上網的！只要多來個二、三十個客人，你這投資不就收回來了嗎？」

老闆還是不耐煩地搖頭：「這能有什麼用？我們報紙上做做廣告，生意也滿好的！你網路有什麼用？我不花這冤枉錢！」

我只好再推銷另一個產品：「那我幫你們建個資料庫怎麼樣？幫你們分析進貨啊、存貨啊、什麼時候賣什麼菜啊，MBA等級！」

「你這個人怎麼這麼煩呢？」老闆打斷我說，「什麼漱嘴庫、刷牙庫？我們開餐廳的，不要這些玩意兒！你再去找別人試試吧，我還要忙呢！」

走遍了整個唐人街，幾乎磨破嘴皮跑斷腿，還是什麼顧客也沒有拉到。付信用卡帳單的最後日期快到了，我只好向朋友同學借了點錢，先把帳單的最低限額應付過去。我看得出大家借錢給我時都有些勉強，畢竟學長的先例就在一年前，他們大概也都怕我突然人財俱杳。要在以前，我肯定會笑他們門縫裡看人，但現在，我只能說，他們怕得有理。

我終於意識到，我可供出賣的，其實也就是一點勞力。我重又把唐人街上的飯館走了一遍，不過這次是問：「你們要waiter嗎？」

但結果還是和上次一樣沒戲唱。要嘛是乾脆的「不要」，要嘛問我幾句：「熟手嗎？」

「生手……不過我可以學，我上手很快的……」

「不行！我們沒空訓練生手！」看來飯館的風險比算牌還要高，對生手沒有興趣。就算有飯館跟我談得稍深入些，最多也就是再問幾句：「會說廣東話嗎？不會？那福建話呢？也不會？」

我只好回他一句：「會C語言行不行？不行？那你們有印尼客人嗎？我還會爪哇語呢！」

還有一家飯店乾脆對我進行性別歧視：「男的我們不要！」

「為什麼？」

老闆的肥臉上滿是嫌惡地說：「男的都是木頭，整天就站在那裡，都不知道機靈點見縫插針幫忙，手又笨，上個星期我們這裡才剛有個男waiter打碎了兩個碗，被我立刻辭掉了……」

最後總算我命不該絕，有家飯店正打算在唐人街創新風潮，開拓外賣業務，正好我送上門去，老闆將我上下打量幾番，說：「你沒經驗，又不會說廣東話，waiter是幹不了啦。有外賣你想送嗎？」

「送外賣？」我腦中頓時掠過無數外賣郎被搶被打的傳說，「這要被打了、搶了，飯店負責嗎？」

「嘿，其實這工作沒那麼嚇人。老黑喜歡吃中國菜，這錢好賺。都窩在唐人街，大家惡性競爭，沒意思！我調查過了，靠唐人街比較近的這幾個街區還挺安全的，最近一年都沒出什麼案子。你放心，太遠的外賣，我們也不接。怎麼樣？我給你工資，客人還會給小費，全歸你！」

「那到底被打了、搶了，飯店負不負責？」

老闆一呸嘴：「噴，你別聽那些胡說八道，都是見風就是雨的，搶了一個就好像天天遭搶似的，你送外賣送十年不出事也沒人知道，被搶一次馬上大家就傳得滿城風雨，其實沒那麼危險，有人送了幾十年都沒事的。」

我一聽，哈，跟我算概率？立刻說：「對啊，反正也不會出事，那我們訂合約好了，我送外賣，出了事你們負責醫藥費、打官司，這事反正概率很低，你的預期成本基本上等於零。」

「嘿，你這人，什麼咖喱、魚鱗的……這樣吧，我再給你個優惠好不好？送一份外賣，給你百分之五的抽成。小伙子，你想想，一個外賣五十塊錢，你抽百分之五，十個就是二十五塊，再加小費，我還給你工資，一天下來一百多塊錢呢。我付你現金，不用交稅的，你到哪兒找這麼好的工作？你又做不了waiter！」

我想了一下，說：「這工作還是太危險，你怎麼說都得給我百分之十的抽成吧？」

討價還價的結果是百分之七，一天八小時，一小時八塊錢，不送外賣時得在廚房打下手，先試用兩個星期。老闆給我簽了合約，又說：「這話我們可說清楚了啊，出了事你可別不識相，學人家找律師找警察的，我在這唐人街上有得是認識的人！」

第一份外賣是在唐人街北面的黑人區。飯店有輛破自行車，還能騎。我帶著以前賭遍美國時買的那把槍，把槍別在衣服下面，夏天衣服薄，我覺得肯定會被看出來，於是把它放在外賣袋底，騎車出發。

這時天色還沒晚，過了萬安街後，路旁的房子明顯地越來越破，周圍環境也越來越髒。我把車子踩得飛快，五分鐘就騎到了客人家。從門外只聽見裡面人聲鼎沸，rap咚通，低音喇叭震得房子一抖一抖，看來是在開party。我一邊環顧著周圍，一邊按響門鈴。一個黑人胖大嫂笑咪咪地出來，說了好幾個「謝謝」，付錢接過外賣，還給了五塊錢的小費。我謝過她，又飛快地騎車回去了。

如此送了幾天外賣，一切也還順利。我去找過系裡的老闆，開誠布公地把我的情況講了，告訴他我打算放棄讀博士，下學期開始找工作。他同意了。打這份工，我估算了一下，全勤一個月能掙近三千，開學後只幹週末，是一個月一千多的樣子。想還清欠債是沒指望的，但至少還能維持住利息，讓斷頭臺高懸的鍘刀暫時不要落下來，使我且苟活至找到工作。

一天晚上，我去離唐人街比較遠的一個地方送外賣，騎了十分鐘才到，一切倒還順利，就是客人太吝嗇，只給了一塊錢小費。我也不好意思開口要，只好掉頭回去了。

回去的路上，我照例騎得飛快。在經過一處街角時，忽然從黑暗中衝出一個人來，一腳踹在我車後輪上。自行車一下子摔了出去，我也猝不及防地被摔倒在地。還沒等我爬起身，一個人影就竄了上來，俯身一手搗住我的嘴，另一隻手持槍抵住我胸

口，喝道：「你敢叫一聲，我就打爆你，中國佬！現在給我起來！」

我爬了起來，還好沒摔壞，只是左肘被水泥地蹭破了皮，火辣辣地有點疼。外賣袋被摔在了十米開外。天色已暗，我看不清那人模樣，只看見黑暗中他的牙齒雪白，槍管上折射著深藍色的金屬光澤。他把槍用力在我胸上一頂：「把你錢包給我！」

我指指外賣袋：「錢都在那邊。」

他往那邊一擺頭：「去給我撿過來！」

我慢慢地往外賣袋走去，他跟在後面，槍頂在我背上。周圍黑黝黝的，有幾家房子裡透出一點微弱的燈光，但路上一個人也沒有。我把外賣袋撿了起來，從裡面掏出錢給他。他咧嘴一笑，低頭把錢往褲袋裡放。我想：「這廝也不知搶過多少中國外賣郎了，竟這等輕視我等李小龍的同胞。」趁他分神，槍口也微微下垂時，猛地一拳打在他持槍的右手上。

懾於黑人兄弟長期以來的威名，我這一拳用盡了全力，他又疏於防備，「啊」的痛叫一聲，槍被遠遠打落在一旁。我飛快地從外賣袋裡抽出手槍，撲身向前，左手揪住他領口，右手持槍頂住他脖子：「不要動！舉起手來！」

他反射似地舉起雙手，身體都驚得僵了，只會反覆說：「嘿，嘿，easy，easy！」

「肏你媽的easy！」我罵道，「現在你倒說說，誰是中國佬？啊？黑鬼！」

「嘿，嘿，那只是個玩笑！」他擠出一絲笑容說，「你是我的中國朋友。我把錢還給你，讓我走吧！」

「現在想走了？！」我抬起左肘，在他臉上一陣亂拍，將上面的血都塗抹了在他臉上，「你這個黑鬼，說，搶過多少中國外賣了？」

「沒有，沒有！你是第一個！我向上帝發誓！」他慌亂地將鈔票又遞給我，「我從來沒搶過錢的，這是第一次！我也是沒辦法，兄弟，我有孩子要撫養，迫不得已才這麼做的！」

「放屁！」我從小就聽慣了評書裡小賊們的「上有八十老母，下有三歲小兒」，哪裡會吃這套，一邊拿過錢，一邊喝道：「沒搶過？把你錢包掏出來！」

「我，我……」他囁嚅著說，「我沒有錢包……」

我伸手在他身上搜了一下，還真沒找到錢包，但在一個口袋裡掏出了幾張鈔票，裡面還夾著一個塑膠針筒、一副小耳機。我扔掉針筒和耳機，把那幾張鈔票塞入我的褲。

「嘿，兄弟，你不會要拿我的錢吧？」他一臉無辜地看著我。

「我當然要拿你的錢，還有這個，」我順手又給了他臉上

一拳，「是代所有被你搶過的中國外賣還你的！」

「嘿，」他悲憤地喊道，「我說過我沒搶過中國外賣！」

「好了，快滾吧，黑鬼！」我朝他踢了一腳。畢竟這是在黑人區，我也怕夜長夢多。

他咕噥著說：「你怎麼能拿走我的錢呢？我要給孩子買吃的……」一邊向他的槍被打落的地方走去。「嘿，你想幹什麼？」我抬槍對準他，還用力拉一下槍栓。這「喀嗒」一聲嚇了他一跳，不由自主地又把雙手舉起來：「別緊張，別緊張，我只是拿回我的槍而已。」

「什麼你的槍？」我蠻橫地說，「從現在開始，那就是我的槍了！」

「什麼？」他失聲叫道，「你連我的槍也要搶？可是這把槍不是我的，他們會……」

「少廢話！我不會再講第二遍！你要聰明的話就快滾，黑鬼！」

他揚揚手，還想再說什麼，但最後只是嘆了口氣，搖搖頭走進旁邊的街道。我目送他消失在黑暗裡，趕緊收起那副蠻橫模樣，三步併成兩步地去撿起他的槍，和自己的槍一起放起外賣包裡，扶起自行車，沒命也似地騎回飯店。路上風一颳，衣服都貼在身上，冷嗖嗖的。

　　回到飯店後，大家見我衣衫凌亂，左肘上鮮血淋淋，都嚇了一跳。老闆臉色煞白地說：「啊？被搶了？你沒報警吧？」

　　「沒，」我把外賣袋往桌上一扔，拿出兩把槍來，拍在桌上：「嘿嘿，搶錢的老黑給我打跑了，我還把他的槍給搶過來了！」大家都驚嘆一聲，圍上來看。

　　我把過程講了一遍，得意地掂著繳來的那把槍說：「看看，是把白朗寧呢！」

15

　　白朗寧這名字，我從小就如雷貫耳，那些西方驚險小說裡，幾乎是主角專用，人手一把，都快成了手槍的代名詞似的。我在逛槍展時，也去看過白朗寧的櫃檯，槍確實都很漂亮，但價格也都很對得起這個牌子，少說也得三、四百。至於繳來的這把槍，是強力標準型（Hi-Power Standard），九毫米口徑，十三發彈匣，我在槍展上也看到過這個型號，很是喜歡，可惜它太貴，要八百美金，所以只好去買了那把六十塊錢的Davis。沒想到這次卻得來全不費功夫，憑空繳來一把，哪怕是二手貨，也足夠讓我愛不釋手了。雖然它來路不正，但我自己的那把槍說到底也是非法擁有，因此我最終還是經受不住它的誘惑，決定以後帶它去上班。

第二天我一覺睡醒，才覺得不對勁，搶來這麼好一把槍，那老黑肯定不會善罷甘休。但我想要把槍還給他，也找不到人吶，看來這幾天我還是繞過黑人區走比較好。這天我到了店裡後，就說昨天把腿摔壞了，送不了外賣，只能一瘸一拐地在廚房裡打雜。老闆的臉色有些難看，我也沒理他，心想：大不了炒我魷魚，老子把白朗寧賣個幾百美金，還能應付一個月呢。

晚上我正在廚房裡忙著，忽然聽見門口一陣忙亂，老闆在那裡一迭聲地說：「廚房重地，客人免進！廚房重地，客人免進……」我抬頭一看，是兩個老黑，伸著脖子往廚房裡闖，老闆攔也攔不住。他們進來後，搖搖擺擺地東掂起一塊大蒜看看，西拿起一只盤子敲敲，兩眼把廚房裡每人都上下打量一番。老闆手忙腳亂地跟在後面，拉又不敢拉，說又沒有用。他們看到我後，交換了個眼色，又盯著我看了一陣，就搖搖擺擺地出去了。

下班後我坐地鐵回家時，在地鐵站裡又看見了這兩個老黑。我一上車，他們就跟了上來。我看勢頭不好，轉乘到三十街下車。那是費城的火車總站，人來人往，還有警察巡邏。他們倆也跟著我下車，不遠不近地盯著我。我心一橫，乾脆在大門口找了個燈光明亮的地方坐下，從背包裡拿出專業書來看。他們也在不遠處坐下了。

我看一會兒書，抬頭望望他們，眼看著他們從警覺到懨

懶，到哈欠連天，到目光呆滯，最後竟當眾流起口水來。我一開始還有些氣憤：這兩個傢伙也太不給面子了，難道我就這麼沒勁，看我比看電腦書還催眠？轉念一想，才明白過來，他們是毒癮犯了。又過了一會兒，便見他們倆低聲商量了一下，掙扎著爬起來，狠狠看我一眼，搖搖晃晃地走了。我心中暗笑，也收起書坐地鐵回家了。

可是躲得一時，躲不了一世。其實我倒不是怕他們來搶我，反正我也有槍，又發現了他們，他們肯定也不敢跟我拚命。我是怕被他們發現了我住處，以後我明敵暗，太容易被他們伏擊。不過我苦思冥想了一夜，也沒想出什麼好主意來，第二天只好硬著頭皮又去上班了。

這天照例十一點多下班，我小心地走出唐人街，來到地鐵站。周圍一個人也沒有。我一手握著包裡的槍，靠著牆邊走進地鐵站。剛推開外面那扇玻璃門，還沒下樓，忽然背後一緊，一個硬邦邦的東西頂在我背上。一個人影不知道從哪裡冒出來，貼在我背後，低聲說：「不許動，不要叫。」

我沒想到他們敢在地鐵站裡下手，一時僵住。他們選的地方不錯，這裡是個死角。又有兩個老黑冒了出來，一個是上次搶我的那個，我們且稱他為黑A，上來一把奪過我的袋子，把他那把槍摸了出來，欣喜地拿在手上揮舞說：「你們看，就是

這把！」另一個老黑B低聲罵道：「他媽的收好！」黑A連忙點頭，將槍插入褲袋，又把我上下搜了一遍，搜出我的錢包，得意地向那兩個老黑揮了揮，交給了黑B。黑B一偏頭，和黑A一起靠在我兩邊，說：「走。」

拿槍頂在我背後的老黑C低聲說：「中國佬，識相的就乖乖地跟我們走，敢玩什麼花招，我就給你六顆花生米吃吃。」

我只好在他們擁挾下往外走。有個白人從外面進來，對我們看也不看一眼，匆匆地走過去了。他們帶我走了半條街，來到一輛車前。黑B說：「進去。」逕自打開駕駛位的門，坐了進去。我看情勢不對，問道：「你們要帶我到哪裡去？」黑A罵道：「叫你進去你就進去，囉嗦什麼，中國佬！」當胸就給了我一拳。

我挨了他這一拳，乘勢往後一倒，身體脫離了黑C藏在衣服口袋裡的槍口，然後轉身便鑽進旁邊的一條小巷，撒腿狂奔。老黑們立刻追了上來。我邊跑邊喊：「救命！救命啊！」可是不但沒人出來，有幾扇窗戶本來還開著的，反倒「啪啪」地立刻都關上了。我這才認出來，我是在往唐人街的方向跑。

剛跑過Arch街，就聽見後面腳步追上了我，然後背後一沉，一個三百磅的身體撞了上來，大概是個橄欖球式的阻截。我被撞得往前一撲，沒有摔倒，但馬上就被他按到街邊的牆上。剎

那間我想：「他奶奶的，這黑人跑得快還真是名不虛傳！」那時劉翔還沒有出名，不然大概我會想：「他奶奶的，要是街上有幾排欄杆就好了！」

「不……不許……不許叫！」按住我的又是黑C，把槍頂在我頭上，氣喘吁吁地說，「不然我……我打破……你的……頭，你個……個婊子養……養的！」

我只顧掙命般地喘氣，哪裡還叫得出來。另外兩個老黑也喘著氣追到了，黑A又是二話不說，就要上來再給我一巴掌，但這時旁邊一扇門忽然開了，出來個人影，往這邊張望著，大聲用福建話問道：「怎麼回事？」

三個老黑當然聽不懂，粗聲用英語回道：「不關你事！快滾開！」

「什麼？」那人好像沒聽懂，轉用口音濃重的英語喝道，「你是誰？幹什麼？」

老黑們相互望了一眼，不知道這個有種的傢伙是誰。黑B說：「喂，我們幹我們的事，跟你沒關係。」

「什麼？你說什麼？」那人已經走近了。黑C慌慌張張地說：「嘿，別靠近，我要開槍了！」把槍從我的頭上移開，對準了他。

「槍放下！」那個人指著黑C喝道，繼續大搖大擺地走近，

「啊？你們抓人？中國人？放了他！你們黑人到我們唐人街？這裡我們的！」說著他撩起T恤的袖子，那扇門透出的微弱燈光下，可以看見他臂上黑乎乎的一團。

「青龍！」黑B悻悻地說。

「Arch街，」他轉身指著Arch街，比畫著說，「這邊，我們，那邊，你們！你們不這邊，我們不那邊。明白嗎？」

黑B示意C把槍收起來，聲量恢復了正常：「他搶了我們人的槍和錢，我們只是來追還而已。」

「什麼？說慢點！」他已經走到我們跟前，一把將黑C推開，把我拉到他旁邊。老黑們面面相覷。我活動了一下剛才被黑C壓得刺痛的頸椎，趕緊用中英文各說了一句：「我來翻譯吧。」也不等他們同意，就對那個中國人說：「他們說我搶了他們的槍和錢，但其實是我去黑人區送外賣，先被他們搶的。就是那個老黑。但他沒搶到我，我反而把他的槍搶來了。」

「哦，你不錯嘛，所以他們就追到這邊來了？」他笑了笑，用帶福建口音的普通話問我。我這才看清楚他不過二十一、二歲的樣子，個子不高，身材精瘦，頭髮剃得很短，眼睛不大，但很有精神。

「不是。他們是在地鐵站埋伏，把槍又搶回去了，連我錢包都搶了，還要打我，被我跑出來了。」

「肏他媽的，這也太欺負了人吧！」他指著老黑們對我說，「你給我翻譯，叫他們立刻把錢包還給你！」

我翻譯後，黑B說：「錢包我不能還給他，他上次搶了我們兄弟的錢⋯⋯」話還沒說完，門裡又出來一個人，身形壯碩，不耐煩地說：「小虎，什麼事還沒搞定？」

那個小虎叫了聲「龍哥」，把事情解釋一遍，龍哥轉向老黑們，用英語罵道：「你們他媽的怎麼敢跑到唐人街來？趕緊滾回去告訴長頭AJ，我們也要去街北了！」

「嘿，這跟AJ沒關係，」這個名字好像對黑B很有威儷力，他急忙說，「我們這就走！」

「他們還搶了他的錢包呢！」小虎見他們要走，趕緊補充說。龍哥下巴一揚：「把錢包都留下。」黑B對黑A說：「給他。」黑A不情願地把我的錢包從褲袋裡掏出來，還給了我。

「你們他媽的不懂英語嗎？」龍哥用帶著濃重中國口音的英語罵道，「我說，你們把錢包『都』留下！你們三個，統統把錢包掏出來！」

「我們⋯⋯嘿，大哥，我們只是不小心跑過了界，」黑B愣了一下，滿臉堆笑說，「我發誓下次再也不來唐人街了，OK？」

「O你個屁K！」龍哥罵道，「你給不給？不給我就自己動

手了！」

　　黑B嘆了口氣，乖乖地將自己的錢包掏了出來。黑A和C又嚅嚅著說：「我們……沒錢包。」小虎上前將他們全身上下搜了一遍，確認沒有，但順手把三個人的槍都繳來了，交給龍哥。龍哥拿在手裡掂了掂，問我：「這裡哪把槍是你當初搶過來，又被他們搶走的？」

　　我看他的意思是還要把這槍再還給我，心想：懷璧其罪，不該屬於自己的東西，還是別要了吧，指著那把白朗寧說：「這把。就歸你保存吧，我還是用自己的槍順手。」

　　龍哥笑了笑，也不推辭，又問我：「他們打了你沒有？」

　　我指著黑A說：「這傢伙剛才打了我一拳。」

　　「你打回去啊，」龍哥輕描淡寫地說，「別忘了要加利息。」

　　我也不客氣，上去先罵了一聲「肏你媽的黑鬼」，狠狠一拳打在黑A臉上，然後乘著他摀著臉彎下腰來，又是一拳。還算我盜亦有道，兩拳都沒打他肝脾內臟部位，不過也打得他翻倒在地，雙手摀臉，低聲咳嗽呻吟，又不敢叫，只敢可憐巴巴地看著黑B。黑B鐵青著臉，看也不看他一眼。龍哥揮了揮手：「滾吧！想要錢包和槍，叫長頭AJ來拿！」

　　黑B掉頭就走。黑A忍痛爬了起來，咕噥了一句：「我們的

槍……」話還沒說完，黑B就調轉身來，劈頭給了他一巴掌，怒罵了一句：「肏你媽的槍！」揪著他離開了。

16

　　第二天，我請小虎吃了頓飯——龍哥面子太大，我請不到
——他是龍哥的遠方堂弟，當初來美國就是靠黑社會人蛇偷渡，
欠下了五萬美金的偷渡費。他開始時還在餐館裡打工掙錢，但沒
幹多久就跟了龍哥，進了青龍幫。「幹這行也不錯啊，錢又多，
又輕鬆，」小虎跟我說，「我兩年就把欠債還清了，這要是在餐
館，還不知道要辛苦成什麼樣子呢。」

　　「這麼輕鬆，都幹什麼呢？」我開玩笑說，「我現在也欠
著一萬美金的債，你們青龍幫要IT支援嗎？」

　　「哈哈，我們暫時不用……」小虎笑著說，有意無意地避
過了我的問題，「不過我可以幫你開個電腦班，我第一個報
名。你放心，房子、執照、廣告，都包在我身上了，包管比你做

waiter賺得多！你搖哥跟我們不一樣，留學的高材生，做waiter不浪費了嗎？」我比他大三歲，他執意要叫我搖哥，我要對等地叫他「虎哥」，他卻打死也不讓。

我問他：「真的？你想學電腦？」

「嘿，不開玩笑的，我在國內上高中時，就喜歡上電腦課呢！」

「你們高中就有電腦課？」我驚奇地問道，「你上什麼學校啊？我還以為，我還以為……」

「你還以為我們那兒很窮是吧？」小虎見我吞吞吐吐的，就幫我說了出來，「沒有啦，我們那裡人喜歡出來，不是因為窮，就是大家都出來，你一個人留在國內，要被人家罵沒出息的！我們那裡人全世界到處都有，家家戶戶都靠外面寄錢回來蓋了樓，小孩又有好多帶回來養的，學校有的是錢啦！」

「哦……那你喜歡電腦？」我笑著說，把話題岔開了，「沒問題，有空我教你啊，不要錢的。」

過了一天，小虎果然為了電腦的事來找我了。那時正是下午的清閒時間，我在幫廚房備料，小虎把我從餐館裡叫了出來，一邊大剌剌地對老闆說：「老黃，我叫搖哥有個事，你可別扣他工資啊。」

老闆滿面堆笑地說：「虎哥說笑話了，你們儘管去辦事，

這邊我會照應著的。」

　　小虎穿過四條街，把我帶到一座外表普通的三層樓房前。樓外掛著個牌子：「林氏會社」，大廳正中供著關公神像，神龕前燃著三炷香，兩邊各擺一排檀木椅，靜悄悄的，一個人也沒有。上了二樓，才聽見一陣打麻將的喧譁聲從一個房間傳來。我走過那房間時往裡面看了一眼，都是些衣冠不整的壯年男子，擺了兩桌麻將在鏖戰。其他房間的門都緊鎖著。小虎打開邊上一個房間的門，裡面倒挺乾淨整潔，辦公桌上有一臺電腦。他過去動了一下滑鼠，輸入密碼，指著螢幕上一個網頁，對我解釋說，這兒有輛車，龍哥特別喜歡，但他們沒人會網路競價，小虎想起來我是學電腦的，就請我來幫忙。

　　我鬆了口氣。我本來心裡也有點惴惴不安，不知道他叫我來有什麼事，沒想到是上次一語成讖，真的給青龍幫做IT支援來了。我看了一下這個網站，是政府的GSA拍賣網站，車是輛福特Aerostar，再看拍賣截止日期，是今天下午六點。我說：「好辦，這拍賣還有三個小時才結束，我們趕緊註冊個帳號，緊盯著它，實在不行的話就出個別人絕對爭不過的價格。你們願意為這車出多少錢？」

　　小虎說：「龍哥交代了，一萬以內都行。」

　　「一萬？」我有點驚訝，這車雖然還不錯，但七年舊了，

頂多值五千，看來裡面必有問題。但小虎不說，我也不好問，於是開始註冊帳號，小虎熟練地報出一個人的姓名、地址，卻不在費城，而是個馬里蘭州的地址。再輸入信用卡號碼，帳號註冊完畢，我回到那輛車的網頁，一點「競價」鍵，蹦出來個窗口：「要競標這個物品，你必須先存下一千塊錢的定金。」

這窗口如同一記耳光，把我打得往後一仰。我瞪著這句話，半晌才回過神來：真不愧是政府辦的拍賣網站，不視民為賊怎麼對得起政府部門這個光榮稱號呢？

再看如何存定金的指示：「在拍賣結束當天的中午十二點前，打電話到某個號碼，用信用卡存入定金。」現在是下午四點，存入定金已來不及，因此我們也無法再去競價。我苦笑著把情況跟小虎解釋了。小虎一聽，臉色大變，低頭想了一會兒，說：「搖哥你先坐著，我出去一下。」

他出去了十幾分鐘，回來後說：「龍哥叫我來拜託你，你是電腦博士留學生，有沒有其他什麼辦法？」

「其他什麼辦法？」我說，「龍哥要實在喜歡這車型的話，可以在網上打廣告，一萬塊肯定有人賣。」

「哎，龍哥他就是要這輛車，其他車他都不要。」小虎解釋說，「他是問，你能不能找到是誰買了這輛車，然後我們再去找他買？」

「哦，那可以查看用戶資料。」我點了一下現在競價最高的用戶，點擊他的資料，卻什麼也沒有，再找他的拍賣紀錄，也不讓人查，更不用說聯繫方法了。「政府網站……」我苦笑著說。沒說的後半句是：反正都把大家當黑社會來防範就對了。

「那怎麼辦？」小虎著急地說，「搖哥你是電腦博士留學生，一定有辦法的。」

我能有什麼辦法？腦子裡的第一反應當然是hack。但這是要去hack政府網站啊，而且誰知道他們為什麼一定要得到這輛車，這後果可不是在唐人街非法打工、非法持槍可比的。

我微一躊躇，小虎便看出來了，又說：「那，要不算了，我也知道這事挺難，你要是也沒辦法，我們也只好認了。」

我忙說：「這怎麼行？我這條命是你和龍哥救的，你們的事就是我的事。我想恐怕只有用駭客技術侵入他們網站，盜取那個拍走這輛車的用戶資料。不過侵入別人的網站不容易，何況他們是政府網站，肯定防備更加嚴密，所以剛才我在思考呢。我怎麼會不幫你的忙呢？」

小虎立刻高興地說：「我就知道搖哥信得過的！我在龍哥面前可給你打了包票，說你是留學的電腦博士，電腦上面沒你不懂的！」

我苦笑著說：「事情沒這麼容易，你們不學這行可能不知

道，電腦裡面的學問大著呢，差個專業，也就像隔行如隔山。我在電腦上的專業方向是圖像識別，跟這個網路安全沒有關係，這事怎麼做我也得回去查查才知道。」

「那大概要多久？」

「我現在每天打工，時間比較緊，一天大概只能……」我話還沒說完，小虎就打斷我說：「這好辦，我去給你們老闆打個招呼，給你先放幾天假，工資照發，小費照分！」

「那沒關係，反正我試用期也快完了，我看那老闆也不順眼，他他媽的試用不通過，老子把他炒了！」

「老黃嘛，那人最聽話了，」小虎一笑，「你放心，我叫他給你保留住位子。你現在一天大概拿多少錢？你覺得這事情要做多久？」

「工資加小費，有時候多有時候少，平均下來大概一百吧。這個駭客嗎，我真不知道要做多久，我以前沒幹過……」

「那要不這樣吧，這車龍哥實在喜歡，你要是把這事幹成了，不管花了多少時間，我們都給你三千塊，怎麼樣？」

「這麼多？」我脫口說，心想：看來他們不是在車藏了毒品就是偽鈔，連我這個IT外包商，只能在外圍喝點骨頭湯的小角色，他們都一出手就是三千塊。

「不多啦，你搖哥是留學博士，值這個價，不能按端盤子

給你付錢啊，」小虎笑著說，「我對搖哥絕對有信心，這對你還不是小事一樁，輕鬆搞定。」

「沒這麼容易，」我趕緊聲明，「駭客這行現在越來越難了。你想，政府有得是錢，他們雇了多少專家維護他們的網站，哪那麼容易就會被侵入的？反正呢，衝我們倆這交情，我一定盡力而為，不敢說希望有多大，反正做不成，你的錢我一分不收。」

「那不行！我回頭跟龍哥說一下。他那人最爽快了，一定沒問題的。不管成不成，我們都不會讓你白幹。好吧？就這麼說定了！」

我接下了這個工作，當晚的班也不上了，立刻回家，先到政府拍賣網站一看，那車已經拍出來了，勝者是個叫「fkins06」的用戶，點擊他的資料，卻什麼也沒有，再找他的拍賣記錄，也不讓人查。

看來這政府網站還真戒備森嚴，我沒有辦法，只好開始上網查駭客技術資料，邊學邊幹。為了防止FBI追查到我，我先hack了一臺加拿大的主機，從那裡攻擊網站。由於是即學即用，低級錯誤不斷，又沒人指點，純粹像沒頭蒼蠅般瞎撞，在網上論壇問人，也是要嘛沒回音，要嘛不得要領。

小虎每天都會給我打個電話，詢問進展。他雖然口頭不

說，但我聽得出他們也很著急。眼看一個星期過去了，防火牆仍然如同長城般屹立在我面前，我只好不顧暴露的危險，給一個本科同學打電話。這哥兒們現在也在美國，已經畢業了，做的正是網路安全。我當然不能說是要hack政府網站，只說是ebay，他劈頭就說：「那還不容易，你拍他一個東西，不就跟他套上關係了嗎？」

我說：「不行，這ID一年多沒登錄了，我什麼線索都找不到。」

「那你google啊！」哥兒們說，「他在ebay不登錄了，不見得在其他地方也沒有，你先在網上搜一下看看。」

這話一下子點醒了我，我正坐在電腦前，當下就google fkins06，結果還真搜出來一個，點開來一看，是個二手車網站的用戶名。我馬上直覺地知道就是他，同時不由得暗叫一聲「慚愧」，好歹我也是學電腦的，怎麼連「大事不決問wiki，小事不決問google」這上網第一寶訓都忘了。

我趕緊把電話掛了，在這網站一查fkins06，敢情這人是個大戶，買賣都很頻繁，最近還正在賣一輛二手福特Taurus呢。看來他也就是個車販子，從政府拍賣網站低價買進車輛和零件（因為知道的人少，政府又不去打廣告），再組裝、改修後高價賣出。

　　事不宜遲，我在這網站上註冊了個帳戶，馬上到那輛Taurus下面競了個價。fkins06在拍賣信息裡註明了，他住在紐澤西，不提供送車服務，要買主自己來取。我便給fkins06留言，說我住得很近，可不可以去看一下車。

　　接下來的事情就很順利了。他第二天回了email，給了他的地址，是個離大西洋城不遠的地方。我馬上和小虎聯繫，到晚上小虎給我打電話說：「我們去看過了，那人是個開車行的，那輛Aerostar就停在他工作庫裡，我都看見了，他正在改修呢。」

　　我忽然有點良心發現：「那你們打算怎麼做？不會……不會把他幹掉吧？」

　　小虎哈哈大笑起來：「搖哥，你知道現在幹掉一個人要多少錢？」

　　「不知道。」

　　「三萬！當然你要隨便找個窮瘋了的人去做，是能便宜點，要是你想找個專業的，做完後不留蛛絲馬跡，就得出這個價錢。搖哥，你可別給那些電影騙了，我們會社也就是做生意的，殺頭的買賣有人做，賠本的生意沒人做。現在搖哥你也是自己人了，我不妨跟你直說。這車為什麼我們一定要買？是上次我們有人出了事，人進去了，車也給抄了。正好當時我們剛進了一批貨，藏在他車裡，還沒來得及取出來，條子就把車拖走了。這案

子完了之後，車給送到網上去拍賣，我們才找你來幫忙的。這次我們也就是去把貨拿回來就好了，犯不著花那個錢，還冒風險。」

「哦，原來是這麼回事！」雖然我此前已經猜得八九不離十，還是裝作恍然大悟的樣子，「那你們今晚行動？」

「不，明天。我們得等一個佛羅里達的兄弟，他是藏貨的高手，幫我們藏過幾十宗貨了，從來沒給條子查出來過。當初是他把貨放進去的，還得靠他來拿，才不留痕跡。不過這次好辦得很，我們都去看過了，那車行周圍挺荒涼的，沒人住。兩個人把風，一個人下手，一個人取貨，小菜一碟！怎麼樣？搖哥你要不要也去看看？」

「我？」我一時倒也有點心動，但轉念一想，要是這一去，看見什麼不該看見的東西，以後可就永遠擺不脫麻煩了，「算了吧，我去也幫不上忙，還是在家裡等你們消息吧。」

消息第二天夜裡就來了。三點多的時候，小虎打電話過來：「搞定了！明天我請你吃飯！」

17

次日晚上，小虎請我吃飯。點完菜後，小虎遞過來一張支票。我拿過來一看：四千美金。我嚇了一跳：「小虎，不是說好三千的嗎？」

小虎笑著說：「這是龍哥的意思。他說你幹得又快又俐落，就又加了一千，算是獎金吧。『人家這是高科技，也得高報酬。』這是龍哥的原話。」

我忙說：「唉，小虎，不怕你笑話，我其實沒做什麼高科技。我沒hack進去他們網站，只是從另一個網站找到他，然後跟他聯繫上的。你按原價給我三千就已經很照顧我了。」

小虎說：「嘿，搖哥你這話太見外了，看不起我是不是？你看不起我沒關係，總得給龍哥點面子吧。他支票都開出來了，

你讓我拿回去叫他改？」

他把話說到這分上，我不好再推辭，便收下了。懷裡揣著這四千塊錢，我彷彿躺在斷頭臺上，抬眼望去，亮閃閃的鍘刀又往上提了四截。小虎問清了我欠債的由來，說：「嘿，搖哥，你這麼一個高材生，又有這手賭博絕活，哪裡不能賺錢，幹嗎要到餐館端盤子呢？我給你介紹幾個生意，多了不敢說，包你一個月還清欠債！」

他還真說到做到，過了一天，又約我到唐人街見面。我去找到他後，他拍拍我肩膀說：「來，搖哥，有個朋友想認識你，我帶你去見見。」

「哦？什麼朋友？」

「一個賭場的朋友。我把你以前算牌的事跟他說了，他說想跟你一起合作合作。」

他帶我到一家中藥房，穿過店鋪，走過長長的過道，在裡面一扇緊閉著的鐵門上敲了敲。鐵門上開了個窗口，一個人往外一望，看見是小虎，便開了門。我進去一看，裡面是通到地下室的樓梯，隱隱傳出喧鬧的人聲。順著樓梯走下去，只見裡面烏煙瘴氣，燈下擺開了好幾張賭桌，各圍著一群人正在那裡大呼小叫，原來是個地下賭場。

小虎帶我到一張二十一點賭桌前，給我介紹那個發牌員

說：「搖哥，這是財哥。財哥，這就是搖哥。」我們倆握手互道幸會。那財哥大約二十八、九年紀，神色精明，手腳敏捷，頭髮抹著濃重的髮膠，精心地豎著。他轉頭對另一個發牌員說：「蔣哥，我來了朋友，暫時走開一下，麻煩你幫我照顧一下。」那蔣哥答應了，過來頂替了他，財哥說：「來，我們借一步那邊說話。」

他把我們帶到旁邊一個房間裡，關上門。這房間挺小，只有兩張破沙發，一張桌子，看來是工作人員的休息室。財哥先敬上兩枝菸，笑著說：「搖哥見慣大場面的，我們這種小破地方，讓你見笑了。」

我忙說：「哪裡，剛才看財哥發牌，那手藝不同凡響。」

「哈哈，搖哥果然眼力過人，我確實學過一點發牌的手藝。」財哥笑道，「大家都是自己人，虎哥的朋友，我們相互都信得過，我這就來獻個醜，搖哥你請指教。」

我忙說：「不敢不敢。」伸手做了個請的姿勢。

財哥站到桌後，桌子上擺著一個牌盒，他把手放在牌盒上，說：「搖哥，勞你駕來扮一回客人。」

我把沙發移到桌前，坐在沙發扶手上，跟他玩牌。財哥先扔掉一張牌，然後開始發牌。我既然留了心，便注意觀察他動作，結果發現他會偷看牌盒最上面那張牌，然後根據需要，決

定是發這張牌，還是第二張。比如有一輪，我得了個4和7，他的明牌是6，我加倍後，看見他大拇指輕輕一滑，拿出了牌盒裡的第二張牌，是個5，我得了糟糕透頂的十六點。然後他翻開底牌，是個2，他把牌盒第一張牌翻出來，是張10。莊家十八點，我輸。但這張10本該是我的，這樣我就會得到二十一點。

玩過五輪，我連敗五手，財哥笑著停牌不發。我說：「財哥這一手second（第二張牌）玩得很漂亮啊。」

「行家伸伸手，便知有沒有。搖哥果然是大行家，一眼就看出來了！」財哥誇張地說，「佩服，佩服！」

「喂喂，你們不要不講人話了，」小虎說，「說給我聽聽。」

我給他解釋了一下，當然免不了又再恭維那財哥一遍。財哥聽了很是受用，反過來也恭維了一頓我的眼光。小虎笑著說：「怪不得我們這賭場財源廣進，原來財哥還有這一手！」

「哪裡！還是龍哥這場子好，生意自然興隆！」財哥連忙笑著說，又問我，「搖哥，你是老江湖了，見多識廣，你看我這點小技術放到外面去，還能混嗎？」

「沒問題啊！財哥動作隱蔽，快速熟練，客人絕對看不出來！」

「那你說賭場能看出來嗎？」

「賭場？」我一聽就明白了，「我想一般人不會注意到，但如果被拍到錄影帶上，反覆分析，那就麻煩了。」

財哥點頭說：「搖哥說的是。剛才你一眼看穿，當然是由於搖哥你眼光老辣，不過也是我技術沒練到家的緣故。」

小虎又忍不住了：「財哥，你是幫著賭場贏錢的，幹嘛要擔心被賭場發現呢？」

財哥笑了笑，沒說話。我說：「我猜財哥的意思，是要跟人合作，然後玩second，專門給這個人發好牌。只要賭場看不穿，就只會以為這個人正好運氣好，那就贏到錢了。」

財哥說：「搖哥果然是老江湖！看來搖哥對這些法門都是一清二楚了。小虎跟我一說起搖哥，我就知道這事找搖哥準沒錯。」

「對，」我點頭說，「賭場就算疑心，也會先疑心客人作弊或者算牌，我正好又在Griffin名單上，他們更不會懷疑到你。」

「跟搖哥合作真是愉快！老江湖，什麼門路都精！」財哥誇張地說，「反正現在美國賭業繁榮，發牌員供不應求，我們打一槍換一個地方，絕對安全。就不知道我這點粗陋技術，搖哥看不看得上？」

「哪裡，財哥不用謙虛，你技術高明得很！」我心頭猶

豫，這人的說話方式我不喜歡，也不太信任他，這事的風險又很大，但最重要的是，我以前算牌是憑自己腦子賺錢，現在這卻是騙錢。違法的事我也不是沒幹過，但我覺得那都是因為法律混帳，比如所謂打「黑」工；哪怕黑社會，也本該和政府共存競爭提供安全服務，不但不犯法，反倒該告政府壟斷的。可出老千騙錢就是另一回事了。

不過這理由我不能說，權衡之下，我寧可裝謹慎，也不能讓他們以為我不夠壞：「不過財哥，這事風險還是太大，因為我們的一舉一動都會被錄下來。他們要不懷疑還好，一旦起了疑心，把影像調出來反覆查看，你就危險了！」

財哥忙說：「搖哥你不用擔心，你們算牌的原理我也是懂的，平時放小注，牌好時放大注。我只在你放最大注時換牌，他們一定會以為你算牌高明，懷疑不到我身上來的！」

「我覺得我們還是謹慎為好，這事只要被抓住，我們倆都得坐牢。」

財哥勉強笑道：「搖哥是嫌錢少？今天虎哥也在，給我們作個證，我們賺到錢，六四分成，你六我四，怎麼樣？」

「財哥你這是什麼話？！」我有點不悅了，「這麼說吧，你是美國公民，大不了抓住後蹲幾年監獄再出來。我是學生簽證，抓住後就得立刻遣送回國，蹲中國監獄勞改去！財哥你技術

沒得說，但萬一有失，我冒不起這個險。」

　　話說到這個分上，財哥也不好再堅持，我們又說了幾句場面話，便離開了。其實我除了蹲監獄最好要選美國外，其他方面對留美國並無執著，不過我知道他們是偷渡來美獲得合法身分的，這話對他們最有效。如果跟他們說「騙錢乃是下三濫，吾不為也」，小虎面子上就太難看了。走出地下賭場後，我就對小虎說：「不好意思，小虎，辜負了你和財哥一片好意，沒合作成。」

　　「沒事沒事！」小虎擺手說，「你別在意！我們再找其他機會！」

　　果然沒幾天，小虎又叫我去「林氏會社」旁的一家川菜館，說給我找到了新生意。我過去時，小虎正在跟飯店老闆聊天，見我來了，就介紹說：「劉老闆，你看，這就是我跟你說過的電腦博士生，網路天才，搖博士！」

　　我一看，這老闆我見過，就是上次「漱嘴庫、刷牙庫」那位。他顯然已經忘記我了，滿臉堆笑地跟我寒暄。小虎說：「搖哥，我跟他談過了，給他講了你為五星級大飯店做過的高級網頁，他是讚不絕口啊！我都幫你跟他談好了，五百塊錢，你就看我面子，賞臉也給他做一個好了！怎麼樣？五百塊夠不夠？要不我們再加點價？」

　　「啊？五百？」我忙說，「那很高了，很高了！我其實不用那麼多，大概兩百塊錢就可以搞定！」

　　劉老闆一聽，面露喜色，眼巴巴地看著小虎。小虎說：「那怎麼行？你是博士生吶，時間值錢！兩百塊，那不還跟那些端盤子的一樣？要不劉老闆，你表示點誠意吧，人家是到美國留學的博士生，畢業了要當教授的，給你做網頁是看得起你，要不然你花多少錢也請不來！你說個價格吧，也表表你的誠意，我好不容易幫你把搖哥請來的！」

　　劉老闆結結巴巴地說：「這，這，這……還是虎哥看著辦吧！你拿主意，我付，付……我聽你的！」

　　「好吧，正好今天搖博士高興，給你打折扣，那就四百吧！你還不謝謝搖博士！」

　　劉老闆忙說：「謝謝搖博士，謝謝搖博士！」

　　我都有點看不去了，說：「小虎，要不我們還是薄利多銷，少賺一點，多拉幾個客戶，三百塊吧！」

　　「哎，搖哥這人就是仗義！」小虎拍著我的肩膀說，「劉老闆我看你們家祖墳今天肯定冒青煙了，結交上搖博士這麼仗義的人！你知道什麼叫仗義嗎？就是仗義疏財啊！那就三百吧！喂，這多出來的兩百塊錢不是白給你的，你幫搖博士再找五個客戶來！」

「是是是！三百塊這價格，價廉物美啊！我一定幫搖博士再找五個！」劉老闆臉上的笑容稍微真誠了一點。

「我們走，」小虎摟著我肩膀往外走，「找下一家去。」

幾天下來，小虎總共給我拉到十七家大小餐廳。我那網頁的架子早就搭好，把十七家飯店的資料往裡一填即可。在新學期開學前，我已經把全部網頁都做完，收入五千元，加上fkins06那四千元，把欠債也差不多還清了。我集中精力去找工作，學期結束後，就搬到紐澤西中部上班去了。

18

　　再次回到賭場，是在四年後，陪一個來美國訪問的作家去
大西洋城。那時我已經工作，既然不再賭博，就在業餘時間裡寫
了些小東西，得了幾項美東地區的中文文學獎，在當地華人寫作
圈裡也有了點小名氣，參加了幾個文化協會之類的組織。其中有
個文化協會最近在內部發email說，某作家來訪，第一次出國，
想順便去賭場玩玩，因此放榜招賢，想找個「會賭」的會員陪他
去。

　　這位作家的小說我沒看過，只知道他是國內新近出現的純
文學作家，評論界好評甚多。既然他要賭博，我當然得挺身而
出，也免得其他哪個蘿蔔坑了我們的作家，輸錢事小，折了海外
文學界「文武雙全」的神話，可就把臉丟到國內去啦。

　　初見作家是在他下榻的旅館，我敲開門來，乍一看不由有些失望。他身材不高，其貌不揚，微黑微胖，臉有油光，留著國內流行的小分頭，毫無照片裡的氣質，眼鏡又反光得厲害，讓我看不清他的眼睛，也就更失好感。當然我也明白「人不可以貌相」，來之前還在網上把他研究過一番，知道他對文學很有想法，於是開車上路後，就開始向他請教問題：「作老師，八十年代的時候，我們可以借鑑西方現代小說，加上國內的新現實，使得純文學曾經繁榮一時。現在這些技巧國內已經基本玩過一遍了，社會和觀念的變革也已不再具有轟動性，那麼現在中文寫作的主要資源，或者說動力，在哪裡呢？」

　　作家咳了一聲，說：「這個問題很大，咳咳，我這幾天不停地演講、說話，嗓子都啞了，咳咳，一時說不了話，要不以後等我嗓子恢復了，咳咳，再跟你慢慢講吧。」

　　我也聽出了他的嗓子確實有些啞，不由得為自己的冒失深感羞愧，當下不再說話，專心開車，作家也往座背上一靠，開始閉目養神。到大西洋城時已是中午，既然他嗓子疼，我就沒帶他去吃自助餐，只吃了一頓中國麵條。吃飯時我給他大體介紹了一下各種遊戲，他也是點頭多，說話少。

　　飯後我帶他去了「凱撒宮大賭場」。一進賭場大樓，作家的頭就開始不停地動作，東張西望地看，左右翻飛地瞧，時而若

有所思地點頭，時而高深莫測地搖頭，時而蒙娜麗莎式的微笑，時而愛麗絲式的驚奇，但就是不說話。我也不去問他，只是不時地做些導遊式的解釋。

到了賭場大廳，又聽到熟悉的老虎機聲音，又看到熟悉的賭桌、賭客身影，甚至連空氣中的空調味道、女侍的乳溝形狀都那麼熟悉，我心中暗自感慨。雖然「數學樂旅」愚蠢地慘敗了，但那畢竟是我曾經的年少輕狂。四年離場今重回，賭場無改心已衰，舊情舊景和舊人舊事瞬間在我心頭閃過，我這才恍然察覺到自己老了。

忽然作家開口說話了：「這些外國女人還真開放啊，一個個都穿得這麼暴露！」

我頓時從感慨中恢復正常，連忙說：「哦，那是賭場的工作人員，送酒水的女招待，你看她們穿的衣服都是一樣的，連顏色都一樣，都是制服。各個賭場裡的女招待都穿這樣，露胸露腿的，一般老外女人也不這麼穿的。」

作家「哦」了一聲，眼光透過那副厚眼鏡，繼續亂放。我想起當初我第一次來賭場也這樣，又見他難得地開了一次口，就笑著說：「王小波說，雲南的少數民族姑娘，走起路來搖曳生姿，讓人不由自主地就想跟了去。我在賭場裡也常不由自主地就想跟著她們走。哎，Excuse me！」附近正走過一個漂亮的金

髮女侍，我看見作家也恨不得能跟上去似的，就把她叫了過來，一邊對作家說：「作老師，我給你叫杯飲料吧！」

作家手忙腳亂地說：「哎呦，不用不用不用！」

「哎，沒關係，這賭場裡的飲料都是免費的，只要給一塊錢小費就行了，不給也可以的。」女侍已走到跟前，作家忙收住目光，我慢理斯條地問女侍都有什麼酒水，使作家可以在旁邊從容觀賞。女侍向我耐心解釋後，我問作家：「作老師，你要點些什麼？」

女侍也把目光轉向他，作家忙說：「哎呦，隨便隨便，你幫我隨便點一個吧！」

我對女侍說：「那就來杯可樂吧，謝謝！」她點頭在一個小本子上記下，便托著盤子搖曳而去。我對作家說：「她待會兒要回來送飲料，我們不能走遠了，不如就在這裡玩一會兒老虎機吧。」

作家說：「好。」在一臺老虎機前坐下，我就給他解釋：「這臺機子叫水果機，玩一次兩毛五，你看這機器上的說明，你要轉到這個組合，就贏這麼多倍。哦，作老師，你帶了多少錢？」

作家有點緊張地說：「一百美金，夠不夠？」

「老虎機肯定夠了，要是上桌賭，運氣好的話也夠。」我

想：一百塊錢，也就不必麻煩去註冊會員卡、撈取賭場「謝禮」了，便讓他取出一張二十塊錢的鈔票來，餵進老虎機嘴裡，選了兩毛五，然後就是重複的拉桿、按鈕了。剛開始時他還有些緊張，不過他才拉到第四桿時，「處女運」定律又一次顯靈，一桿下來，中了個回報一百倍，他一下子贏了二十五塊錢。

這下作家信心大漲，興趣驟增，拉桿的動作都靈活了許多。隨後我們轉戰各個老虎機間，他運氣依然不錯，又贏了大概二十塊錢。我說：「哎呀，作老師，你今天手氣這麼好，就該上桌玩的，那贏得比老虎機多！」

「好哇，」作家興奮地說，「我們玩唆哈吧。你知道吧，就是香港電影裡頭，兩個人對玩，五張牌比大小。周潤發常玩的！」

「那個啊，這兒沒有，恐怕要到澳門才有。」

「哦，」作家有點失望地說，「那其他的我不會啊，不會被他們笑話吧？」

「嘿，怎麼可能呢？你放心，有我在，」我自認為是實事求是地說，「不是我吹牛，這賭場裡啊，比我更懂賭博的，不超過百分之一！」

於是我帶著作家在各個賭區都探了探腳：「輪盤。輪盤是最簡單的遊戲了，三十八個數字，兩個綠的是0，剩下是1到

36。你可以直接壓數字，壓對了贏回來三十五倍賭注，也可以壓組合，兩個數字、三個、四個、六個、十二個，還有單雙、紅黑、大小，那就是贏一倍了。我們該玩哪個？那要看你想怎麼玩了。你要想玩刺激的，就壓一個數字，或者幾個交界，那個贏得多，但也難中。要想慢慢玩，就壓一比一的，那個輸的幾率小。

「蟹賭。這個規則有點複雜，第一次扔骰子叫『出手扔』，出手扔之前下的賭注叫『壓過線』。它有兩個骰子，要是扔出了兩個點數加起來是七或者十一，壓過線的就贏了，是二、三或者十二就輸。其他情況下，就要再重新扔出這個點數，壓過線的才算贏，扔出七算輸。還有壓不過線，就是跟壓過線的反過來。其他還有壓『來』、『不來』、『蟹』、hop啊什麼的，哎，太複雜了，我們就不用管了。

「百家樂。這個遊戲有『莊』和『閒』兩邊，發牌員按固定的發牌規則給兩邊發牌，看最後誰的點數更接近九點。你可以壓『莊』贏，也可以壓『閒』贏，都是贏一倍賭注，但莊家贏時賭場要抽5%的佣金。你還可以壓打平，贏八倍。百家樂的賭場優勢比較小，只有1%左右，所以我們中國人特別喜歡，你看大西洋城這百家樂賭桌特別多，你要到拉斯維加斯就看不到，就是因為拉斯維加斯的中國客人沒大西洋城多。

「牌九撲克。你聽這名字，牌九，一聽就知道是咱中國人

發明的。玩家和莊家各拿七張牌，然後把牌分為五張『大牌』和兩張『小牌，『大牌』要比『小牌』大。然後玩家和莊家比，如果兩手牌都比莊家大，算贏，但賭場抽5%的佣金；都小，算輸；一大一小，雙方打平。要是有一手牌雙方一樣，算莊家大。這是賭場裡最慢的桌上遊戲，發牌慢，分牌慢，比牌慢，還不停地打平，一點本錢就可以玩很久。』

最後壓軸的當然還是二十一點。我本能地選了張切牌少的桌子。最小賭注是十五元，作家這時已經積累到一百五十塊的本錢，都換了籌碼，在我的指導下玩了起來。無非是「基本策略」加下平注。雖然四年沒賭，我還記得「基本策略」的大部分決定，只有幾個分牌的邊界情況我不太肯定了，不過那也不常用，而且區別不大。

作家很快就明白了遊戲規則，拿到牌後往往自己也開始有了主意。反正「基本策略」的大部分決定也就是「基本直覺」，所以我只要偶爾糾正一下他而已。他的「處女運」仍然在延續，一個小時下來，就贏了五十塊錢。他興奮得越加膽大，忽然有一把改壓了三十塊，一邊對我說：「剛才連輸了三把，下面也該贏了。」

結果這把還真贏了，作家大笑著對我說：「怎麼樣？我就知道，你連輸三把，下面也該贏了！這一把頂了剛才兩把了！」

　　接下來他的賭注越發神機莫測，話也越發多了起來。我眼看著一株蘿蔔就這麼在我眼前茁壯成長，很想跟他說：「作老師，您還是讓您嗓子歇歇吧，不和文學青年討論藝術問題，卻和一個前算牌手大談蘿蔔心得，您這不是讓親者痛、仇者快嗎？」但我又想，作家也有蘿蔔權，做一個蘿蔔乃是人性使然，浩浩蕩蕩，非我理性勸誡之土壤所能擋，何況他過幾天就要回國，蘿蔔種子只會被深埋地下永無見天日之時，便只是寬容地笑笑，對他的賭注魔法一律放行。

　　又玩了一陣，我們這桌來了個四十多歲的白人，穿著長相都很普通，臉上帶著和氣的笑容，坐下來買籌碼時，卻一下子就拿出二十張「班哲明」來。發牌員把二十張鈔票在賭桌上一字排開，仔細點明了，按他的要求，換了三個五百塊、三個一百塊、四個二十五塊、二十個五塊籌碼。他微笑著放下第一份賭注：十五塊。

　　我心裡「咯登」了一下。這輪玩到快結束時，他的賭注忽然從十五塊一下子猛增到一百五十塊，直到重新洗牌。下一盒牌我留了心，反正作家玩牌也不太需要我操心，就默默地在心裡記牌。果然，當平均點數過了兩點時，這人的賭注又一下子長到一百五十元，隨後跟著點數的變化，一度飆升到五百塊。再看他不點飲料，不給小費，和發牌員談笑風生，我知道我遇上一個前

同行了。

　　這也不是我第一次在賭桌上遇到別的算牌手。我知道這行的規矩：絕對不能在桌上聯絡，不過見他敢把賭注變化撐得這麼大，就像魯智深舞一條六十二斤水磨禪杖，我這使一斤四兩銀樣蠟槍頭的看了，不僅羨慕他本錢過人，更得佩服他技藝端的非凡。我看得心癢難耐，欺負發牌員是個白人，應該聽不懂中文，就對作家低聲說：「坐在我左邊的那個人，是個算牌手。」

　　作家探身往那人望去，一邊問道：「算牌手，那是什麼意思？」

　　我忙低聲說：「你別往他身上猛看，不禮貌。算牌就是通過預測牌勢來賭博賺錢。」

　　作家更感興趣了，又往那人望了一眼，正好跟他目光相接。那人笑了笑，用中文說：「你好！」

　　我和作家都吃了一驚。作家回答說：「你好！你會說中文？」我也勉強笑著說：「哇，你好！」心裡卻想：完了，剛才說他算牌的話可別讓他聽到了，算牌手最忌諱別人在賭桌上說他算牌。

　　他仍然微笑著，用中文說：「一點點……」這下我聽出他的中文確實有點生硬了。然後他用英文說：「我太太是中國人，所以我懂一點中文，不太多，但我聽得出來你們也是中國人。」

　　我轉頭向作家翻譯了他的話，作家和他又寒暄了幾句。我一邊從中翻譯，一邊留心這人的牌法，發現他的賭注變化仍然章法嚴格，一絲不亂。這時就聽見作家問道：「他說你會算牌？能不能教教我們？」

　　我嚇了一跳，忙低聲對作家說：「賭場裡不能明說別人算牌的，被賭場發現了，要趕出去的。」作家奇怪地說：「為什麼？賭場還不准人贏錢了？」我也顧不上回答，對那人說：「他說你運氣真好，玩得也真不錯！」

　　那人笑著說：「對，我今晚的運氣真的不錯，這也得感謝弗蘭科！」──弗蘭科是發牌員的名字，他笑了笑說：「樂於效勞。」但我懷疑他心裡其實在暗罵：你口頭感謝有屁用，給點小費才是真的！

　　不久弗蘭科離開，換上來個切牌很糟的發牌員，那人便起身走了。我和作家又玩了一個多小時，他的「處女運」似乎終於到了頭，開始輸錢。賭場裡向來是「贏錢如抽絲，輸錢如山倒」，他半天才贏來的一百塊錢，一輪下來就全輸掉了，還虧了些本錢。

　　作家並不氣餒，反倒露出越戰越勇的意思。我生怕他真要連本錢都輸光，我可就成了海內外文學界的共同罪人，再加上時間已晚，便不住地在旁邊勸阻。作家這時卻堅持不肯罷休，直到

運氣稍有好轉，把本錢又扳回到一百零五塊，也算是今天總算有盈利了，才和我離開。

在回去的路上，作家也不顧嗓子沙啞，反芻般地把今天的牌局又跟我討論了一遍：「老搖你還記得那把嗎？真是倒楣，我壓了三十塊，來了兩個A，分牌之後來了兩個10，還以為贏定了，沒想到莊家硬是也摸出了個二十一點。本來篤定贏他六十塊的！」「其實最討厭的是那個老頭，沒事給他的十二點要什麼牌啊，要了個10點，爆掉了，把我十一點加倍的好牌也要沒了，結果我拿了個5，一下子輸掉五十塊。這一來一去就是一百塊啊！然後我那時一收手，今天就贏兩百塊了！」

說得最多的當然還是：「唉，贏一百塊時收手就好了。」作家把這話翻來覆去地說了至少也有二十遍。要是換了別人，無非是照樣翻來覆去安慰他，也幸虧他遇到的是我，回答張口就來：「沒什麼，你的決定還是對的，那時手氣好嘛，就該繼續乘勝追擊。」或者「看來作老師你雖然是第一次來賭場，這感覺還真不錯，就可惜後來運氣差了點，不然今天發大了。」我敢向數學女神保證，我對他的二十個回答，個個合適得體，絕對不重覆。

19

第二天早上，我又到作家旅館裡接他，去參加我們那個文化協會舉辦的活動。昨晚我把自選的幾篇作品給他，今天上路後我就請他批評。作家反射似地咳了一聲：「咳咳，老搖，不好意思，昨天太累了，一回房間我就睡了，咳咳，沒來得及看你的作品。你把作品往國內文學雜誌投過稿嗎？他們怎麼說？」

「國內的文學雜誌？我投過啊。」我對國內的編輯有些偏見，我覺得他們只有兩個功能，一是斃掉你的好文章，二是把你的差文章發表時改成更差的文章。「他們說我的小說概念化，篩選生活，不能反映出留學生活的獨特色彩。」

「那你覺得他們說得對不對呢？」

「嗯，那還是對的，」我老實承認說，「但我不明白，為

什麼小說就不可以概念化？難道一定要曼哈頓的中國女人、愛荷華的中國男生才算好小說？事實上我對國內文學雜誌上千篇一律的所謂生活小說還有意見呢。照我看，小說得給人美感，那種生活小說，味同嚼蠟，剛嚼還有點新鮮感，嚼多了我就覺得奇怪，它們明明不過是寫得專業點的記敘文，也配叫小說！」

作家笑了笑，引得他又咳了兩聲：「咳咳，那你對小說有什麼概念化的看法？」

「什麼叫概念化？作老師我跟你說實話，我還真不知道什麼叫概念化，這個詞是他們加在我頭上的。但我確實也有些看法，」既然作家問起，我就順便夾帶點私貨：

「比如說我是學電腦的，我們用的程式語言，一開始叫C語言，後來用C＋＋，現在又出來個C＃。那個C語言很強大，上天入地，無所不能，但就是對程式設計師要求很高，不然動不動就系統崩潰。C＋＋在設計上變成『個體化』（Object Oriented），從個體的角度寫程序，再鏈接起來運行。這樣效率差了一點，但接近現實，容易實現。C＃就進化到『元件化』（Component Oriented），進一步把程序標準化，以保證安全和程式設計師的效率。這是因為現在編寫程式已不再是以前那種『科學＋藝術』，而成了一項大眾產業——您看我這樣的都混進去了，就知道這行現在已經濫竽充數到什麼地步了——一切

都標準化，程式設計師只要往框框裡填點東西，添磚加瓦蓋房子就行了。這樣寫出來的東西，功能不夠強大，智力上也不夠美，但安全快速，適合常人。打個比方，C語言像極權制度，C＃就像現代文明社會了。文學從某種角度看也在遵循這同一進化路線，因為這是工業化時代不可避免的趨勢：標準化、規模化、專業化。有些藝術種類已經在這條路上走得相當遠了，不像文學，我這個沒有受過專門訓練的人還有可能來發表一點見解。那麼我想，將來可能會出現『個體化』、『元件化』的小說──作者，或者公司，生產出描述人物、環境的界面，然後用戶來自己開發，比如你生產出一個陽穀縣的界面，裡面有武松、武大郎、潘金蓮、西門慶，然後施耐庵拿去寫了《水滸傳》，笑笑生拿去寫了《金瓶梅》……」

作家在聽到C＃時閉上了眼睛，當我講到未來的設想時，已經開始發出鼾聲，連我特意加上的「潘金蓮」、「西門慶」，都沒能把他喚醒。當然我不怪他，因為後來我們到達目的地，他在臺上發表《寫作與心靈》的演講時，我也很快打起了瞌睡。想來C、C＋＋、C＃對他的催眠效果，也正和「心靈」、「純潔」、「道德」之對我相仿吧。

把我從昏昏沉沉的瞌睡中驚醒的，是作家忽然提到了我的名字：「……比如你們這裡的一位青年作者老搖，在開車送我

來這裡的路上，就提出了一個很好的理論。他說他們學電腦的，用一種C語言，還有C加加，還有個叫C……C什麼的……」

我趕緊接口說：「C＃。」

「對，C＃！他就通過對這三種語言的比較，得出了一些文學語言上的心得。我看這就是個好例子，充分說明了你們海外華人文學界的優勢。你們身處海外，眼界開闊，能接觸到國內接觸不到的東西……」

作家一邊說，一邊用手指著我，引得很多人都扭頭過來看我。我被看得羞愧不已，只好希望這些人都不懂電腦，別以為我還真狂妄到好像電腦語言只有海外華人懂似的。

這時作家的聲音也往上拔去，看來他的嗓子沒白保護，最後幾句鏗鏘有力：「……而仍然能鍾情於文學，說明大家仍然渴望著心靈的純潔。因此我相信，海外文學的前途是光明的！」

大家紛紛鼓掌，他的演講就此結束，聽眾又問了些問題後，便開始簽名售書。我站在隊伍外，正百無聊賴間，忽然有人用英語對我說：「嗨！還記得我嗎？」

我轉頭一看，原來是昨晚在賭場遇到的那個白人算牌手。我不由得「喔」了一聲，說：「嘿，真沒想到在這裡碰到你！」

「我也沒想到！」他大笑著說，「我太太喜歡這個作家，老早就說要來聽他的演講，我今天陪她過來，進來一看見作家，

就對她說，嘿，這人我昨天就在賭場裡遇到過了！我太太還不信！」

我也笑了起來，說：「我希望這不會影響你太太對作家的看法。」

「那怎麼會？」他指著隊伍的前列說：「那就是我太太，正在請作家簽名的那個。」

我順著他的手勢看去，是個四十歲上下的女士，小眼睛，高顴骨，臉上化著精心的濃妝，脖上套著明晃晃的金項鏈，正把書遞給作家，一面激動地說：「作老師您說得實在太對了！我看現在中國大陸的問題就是道德淪喪，人們喪失了基本的誠信，貪汙腐敗，偽劣橫行，所以怎麼可能有好的文學作品出來！我這個人也是，出國越久反而越愛國，所以最恨的就是那些貪官汙吏……」

聽她這麼說，我就放心了。本來我心裡還有些嘀咕，以作家在演講時的純潔心靈標準，恐怕賭博也該算在非禮勿為之列，於是笑著對他說：「我知道你懂些中文，作家今天的演講叫『寫作與心靈』，不過我們中國人認為賭博是人之常情，不算道德問題。」

「對極了！」這個算牌手立刻眉開眼笑地伸出手來，「我叫吉姆。」

「我叫老搖。」我和他握了一下手。他的手很有力。「很高興認識你。」

「我得感謝你昨天的翻譯。我懂的中文只是……」他換中文說：「一點點：你好！吃了嗎？」

我笑著說：「你講得不錯！向我學中文的美國朋友，前五個詞都是……」我放低了聲音，「他媽的，我肏，雞巴，屄，和傻屄！」

我們一起大笑起來，引得四周的人都向我們看。

「這些詞……你要考慮到是誰教我中文的！不過我告訴你一個小祕密，」吉姆低聲說，「這幾個詞的中文我都懂，而且還有更多！」

我們又一起大笑，吉姆環顧了一下周圍，說：「我們站到旁邊來吧。」我們走到房間角落，吉姆微笑著說：「我還懂一個詞：算牌，你昨天的翻譯真是妙極了……」

我連忙道歉說：「對不起，我不該在桌上說你算牌的……」

「不不不，你不需要道歉！」吉姆笑著打斷了我的話，「事實上我倒很佩服，你這麼快就看出來我在算牌。」

「哦，我以前也算牌的。」

「以前？」吉姆眼光一閃，「那你現在不算了嗎？」

我知道他是大行家，就老實說：「我輸了很多錢，後來發現自己技術不夠，就放棄了。」

「如果你不介意的話，可以告訴我你什麼技術不夠好嗎？」

「我對剩餘副數的估計總是偏低，因此賭注偏高，風險加大，所以一個打擊就把我打垮了。」

「剩餘副數的估計？那稍微訓練一下就行了，不是大問題啊。」

「我試過參加別人的算牌團隊，他們說這是大問題，說舊習慣很難糾正，成本和風險太高，不願意要我。」

「哦？」吉姆很有興趣地問，「你可以告訴我那個團隊的頭是誰嗎？」

「我不知道他的真名，不過在史丹佛・王的二十一點網站上，他叫比爾。」

「比爾？四指比爾？哈哈……」吉姆大笑起來，「不，老搖，這不是個大問題。如果你願意的話，」他向四周看了一下，「歡迎你加入我們的團隊，我們可以訓練你。」

我一下子愣住了。吉姆見我猶豫，遞過來一張名片：「這是我的名片，我們正在尋找一個亞裔算牌手，請你認真考慮一下。」

「亞裔算牌手？為什麼？」

「因為現在賭場裡的亞裔豪客（high-roller）越來越多，而且他們的賭注變化通常都很大，當然你我和賭場都知道，那是因為他們是蘿蔔，但這正好可以成為算牌手絕好的偽裝。賭場對這樣的賭客不但不會懷疑，還會大加歡迎，生怕丟掉了這樣的顧客，所以在鑑定亞裔算牌手時也會分外謹慎。」

「呃，我得考慮一下。」我低頭看了看他的名片，上面他的頭銜是「投資顧問」。

「那當然，你慢慢考慮，到時候跟我聯繫。」他見我打量名片，又笑著說，「你也知道，算牌其實也不過就是一種投資，只不過風險比較大，但數學上可以保證長期肯定贏而已。」

我說：「對，就是對技術的要求比較高。」

吉姆忙說：「其實沒那麼難。如果你加入我們的話，我們可以給你訓練一下，你就知道了。」這時他太太也找了過來，吉姆給我們介紹了。她叫薩麗，很興奮地大講作家和她的對話，又給我們看作家的簽名。臨分手時，吉姆和我握手說：「老搖，我們是認真地、誠心誠意地要找一個你這樣的合作夥伴，請你務必考慮一下。」

其實也沒有什麼可考慮的，我在他提出邀請時就知道我拒絕不了這樣的誘惑。過去算牌的經歷一下子湧上我心頭，曾經的

輝煌和得意被我反覆重播，最後的慘敗和羞辱則被我棄之不顧，
認為有了吉姆這樣的行家指點，我再不會重蹈覆轍。當天晚上，
我就給吉姆回了電話，表示願意加入他的團隊。

20

　　吉姆的團隊共有七個人，都是老手，最年輕的伊萬也有十年的「獲利玩家」經驗，還是個電腦高手，最光輝的業績是攻破過輪盤賭。他的理論依據是：輪盤並非百分之百隨機，本身的製造、置放在物理上不可能嚴格完美，因此某些數字出現的機率必然稍大。他寫了一個分析軟體，燒在一張電路板上，藏在褲腿裡，然後去賭場在一個輪盤旁下最小賭注守上幾小時，手藏在褲袋裡輸入結果，對後面的數字進行預測。他在輪盤上共賺了二十萬美金，後來賭場有所察覺，有一次以現行犯將他逮捕，以「使用儀器作弊罪」把他告上法庭，最後雙方私下和解，賭場不再追究，他也罷手不幹。

　　團隊裡還有一個叫大衛的彪形大漢，看上去是個粗蠢夯

貨，其實心靈手巧，對賭場裡的勾當無有不會，參與過早年
二十一點儀器的開發，後來事發時他正好沒去賭場，逃過一場牢
獄之災。但他沒有就此收手，反倒在自家車庫裡開作坊，鑄出老
虎機的硬幣來，拿到賭場裡以假亂真，魚目混珠地賺了近十萬塊
錢。後來賭場都不再用硬幣，改用列印出來的voucher，才使他
的偽幣失去了用武之地。不過他當然也不甘心於失敗，最近正在
和伊萬合作，試圖偽造voucher，可算「與時俱進」的尖兵。

其他人物也都不是善類，吉姆自己就諸般技藝，樣樣精
熟，標記牌背、偷看牌面、換牌、換籌碼，什麼都會。在他們
面前，我當然是個新手。我去參加他們團隊之前，專門針對自
己的剩餘副數估計問題苦練了一番，吉姆又教我如何跟蹤洗牌
（Shuffle Tracking）、跟蹤Ace、切牌技巧、團隊作戰、掩護
偽裝等等，讓我大開眼界，才知道裡面原來有這麼多學問。

我練了一個月後，吉姆帶我去了趟拉斯維加斯，參加團隊
作戰。現在的團隊作戰，已不能再像MIT二十一點團隊那樣一桌
合作，因為賭場對賭注稍高的桌子都禁止中途入場，因此我們主
要是各玩各的，最後分帳以降低風險。

吉姆提供了一萬塊的本錢，我得以將賭注從二十塊鋪到
五百塊。吉姆說，不要害怕賭場發現，一來先賺到錢再說，二來
賭場不見得會發現，發現也不見得就會立即管，而要判斷我是否

初學者（就像我以前一樣），或者指望由我引來一批初學者。幾個週末下來，我有輸有贏，總的來說只略低於團隊平均盈利。一個新手能有如此表現，團隊上下都很滿意。很快，我就從公司辭職了，反正我也拿到了綠卡，不用再當資本主義的專職砌牆工。

轉正party當然在拉斯維加斯舉行，此前的購物活動卻在紐約。薩麗拉著我親熱地說「要按高幹子弟的標準」，在第五大道給我置辦了一套行頭，還給我當儀態教練，說我渾身塌趴，一看就是窮學生，得挺胸直腰，才像成功人士；又說可你也別繃太緊，一看就是土包子暴發戶想裝貴族，得放鬆肩頭，走路稍帶點韻律，才像成功人士；後來連我說話的句式、臉上的表情都要管，就差直接在我臉上蓋上個「成功人士」的章，再加一行小字註：「兼超級蘿蔔，請各大賭場熱忱接待。」

照我看她的眼光不怎麼樣，所謂行頭無非是名牌的堆砌，皮爾卡登、范倫鐵諾，什麼衣服牌子大就買了往我身上套。不過看來她煞費的苦心沒有白花，再加上吉姆把我升級到最低賭注一百塊的桌子，才玩完一輪，桌面經理陪著一個西裝筆挺的亞裔年輕人走了過來，隨著撲鼻的香水味，他遞上來一張名片：「您好，老搖先生！我是公關部經理傑森，很高興認識您。一切都還好嗎？」

「挺好，」我笑著說，「除了發牌員老給我們發壞牌，給

他自己發BJ外。」

「哈哈！」傑森大笑一聲，訓練有素地說：「我相信您下面的運氣馬上會好轉的！我冒昧地問一句：您說其他語言嗎？」

「哦，我說中文，我是中國來的。」

「太好了！」傑森馬上換用中文說，「我也是中國人。您有什麼需要幫忙的地方，就儘管跟我說好了！」

他的笑容無可挑剔地標準，目光中滿是傾慕恭謙，我連忙擺擺手說：「不用了，一切都很好，我玩得很開心。謝謝！」

「好極了！」他似乎扭了一下腰肢，熱情地一拍我肩：「老搖先生，您先玩。走之前請跟我說一聲，我們準備了禮物要送給您！」

「哦，那太好了，謝謝！」

「您和桌面經理說一聲就行了，叫他們叫我。」他向我一眨右眼，「祝您好運！」終於離開了。

我舒了一口氣，繼續玩牌。只可惜幸運女神大概不再把我當新手，沒賜給我處女運，等吉姆晚上來找我時，我沒贏到錢，反輸了一千多。我說：「真倒楣，剛升級到玩這一百塊錢的桌子，就輸了這麼多。」

吉姆笑著說：「沒事，你們中國人不是有句話嗎，勝敗乃兵家常事。走吧，我們party去。」

　　我換了籌碼，正要離開，忽然想起那個公關部亞裔經理來，對吉姆說：「你等一下，我還有禮物拿呢！」

　　傑森不一會兒就快步趕到，親熱地對我說：「嗨，老搖，你要走了？你住在哪裡？要不要我給你開個房間？我還可以給你餐券，你喜歡吃什麼菜？」

　　「哦，我們已經定好了房間……」我話還沒說完，吉姆插話說：「你們是在說『謝禮』嗎？老搖，向他要兩張『泥漿大戰』（Mud Fight）的票！」

　　「泥漿大戰？」我從來沒聽說過這個秀，但吉姆是老維加斯了，我就問傑森：「要不你有『泥漿大戰』的票嗎？」

　　「泥漿大戰……」傑森抿嘴一笑，「沒問題。你們要什麼時候的？」

　　我轉過頭去問吉姆，吉姆用英語問道：「今天的還有嗎？」

　　「有啊。」傑森一甩腕，看了下手錶，又靈活地甩回，「真好運，下一場秀就在二十分鐘後，你們要嗎？」

　　吉姆要了。傑森給我們開了票，又把我們帶到秀場外，才熱情告別。吉姆領我走進秀場，只見房間正中一片泥淖，四周用紅繩圍住，宛如擂臺一般。裡面已經有了一些客人，全是男的，個個衣冠楚楚。角落站著個工作人員，吉姆過去買了八個籌

碼，一個二百五十塊。我問他：「這是什麼遊戲啊？你買這麼多注？」

吉姆笑著低聲對我說：「這是個特別遊戲，不對外開放的，只有熟客才知道，也比較貴，最低賭注是五百塊。不過你不用擔心，我不會輸的。」

我問：「賭什麼呢？」

吉姆一笑：「你馬上就知道了。」

過不久後，只聽一聲鑼響，大家都興奮起來，往房間兩側張望。那裡各有一扇小門，又一陣鼓點響起，砰的一聲，小門打開，各款款走出一個少女來，身披大毛巾毯，把全身上下裹得嚴嚴實實的，在大家的掌聲中，走入泥淖擂臺。

一個主持人滿面春風，站在紅繩圈旁，手拿話筒介紹說：「先生們，我們今晚的戰士，是兩位美豔驚人的女孩。請用掌聲、口哨、跺腳、尖叫、任何聲音，或者玫瑰、一百塊美鈔、籌碼、鑽石，歡迎站在我左邊的——茉莉！」

茉莉是個金髮女孩，生得藍睛白齒，容貌嬌美，隨著主持人的叫聲，將毛巾毯一脫，扭腰揚手，向大家微笑致意。只見她上身穿著大白T恤，下身只有一條白色內褲，身材曲線畢現，大腿優美修長，擺pose站在泥淖裡，青春氣息光芒四射，照耀得我眼睛無法直視，一瞬間彷彿脫離了現實，進入了「維納斯的誕

生」那幅畫中。

　　吉姆碰了碰我，遞給我四個籌碼說：「老搖，該下注了。」

　　我回過神來，說：「啊？下什麼注？」

　　「賭她們倆『泥漿大戰』誰會贏啊。」

　　「哦。」我再看那邊的女孩，是個黑頭髮的西班牙裔女孩，牌子上寫著名字：「依蓮」，身材更加火爆，但我毫不猶豫地就走到茱莉那邊，壓下了籌碼。茱莉向我嫣然一笑，輕聲說：「謝謝。」

　　我笑著說：「不用謝，寶貝。為我而戰吧！」

　　「我會的。」茱莉微笑著回答說，就將眼光轉到下一個壓她的客人那裡去了。

　　吉姆在旁邊笑了笑，到依蓮那裡壓下四個籌碼。大家都壓好後，主持人一擊鑼，宣布比賽開始。茱莉和依蓮收起微笑，一臉冷酷地走近，伸手抓住對方，扭打起來。不一會兒，兩人便在泥裡打了好幾個滾，全身都是泥漿，又薄又透的衣服貼在身上，曲線畢露又看不分明，一扭打又在泥漿下抹出雪白的肌膚，性感誘惑之至。

　　大家自然是又吹口哨又鼓掌，兩人也賣力表演，好幾次都掀開對方T恤，露出一片春色來。最後大概是那天賭茱莉贏的人

比較多，依蓮贏了。我忙湊上去想跟茱莉說句話，但她卻只將毛
巾毯往身上一裹，衝我匆匆一笑，便一言不發地快步離開了。吉
姆收了他贏來的籌碼，對我一笑：「迷上她了？」

　　我笑了笑說：「這妞太好看了。」

　　「嘿嘿，」吉姆心照不宣地一笑，拍了拍我肩頭，「我們
先去party吧！」

　　吉姆在我住的賭場裡訂了一個party房間，團隊裡人都到
了，大家喝酒抽大麻，暢聊以前算牌的黃金時代，各自的輝煌戰
績。大麻是大衛帶來的，說是難得一見的牙買加極品，讓大家嘗
嘗。初吸時還沒反應，過不多時，就覺得房間裡音樂的低音如同
重錘一般，一下下打得我渾身舒坦，連心臟似乎都在跟著這節奏
跳動，意識掙脫出頭腦，往天空恣意飛去，只模模糊糊地還聽見
吉姆在說：

　　「算牌的黃金時代已經過去了，規則越來越差，監視越來
越嚴……MindPlay即將大規模安裝，賭場的財力太雄厚……
哥利亞，我們不是大衛……依靠投資……你以為MIT二十一點
團隊的資金哪裡來的？華爾街？……黑社會……贓款！……
海外資金……我們收10％的錢，所有盈利也都歸我們……哪
裡能找這麼好的投資者，他不收你錢，還付錢給你！……10％
吶！……絕對安全……新機會、新天地！以後我們信譽起來

了……每個月都有一千萬美金的現金流！……所有算牌手的終極夢想！……中國人……老搖就看你了！……大家都是百萬富翁！……一年一百萬……」

第二天早上我醒來時，一翻身，入眼散亂著一頭金髮。我嚇了一跳，又看了一眼：還好，頭髮又長又順，是個女的。我環顧四周，發現是在自己的旅館房間內，再把那女孩扳過來看是誰，她也給我弄醒了，睜開眼朝我嫣然一笑，慵懶地說：「哈囉。」

居然是茱莉！我比看見田螺姑娘還驚喜地問她：「妳怎麼會在這裡？」

「吉姆。」茱莉說，「他付的錢。」

「哦，」我不由得有點惋惜地說，「多少錢呢？」

「他叫我別告訴你。」

「Come on，寶貝，」我把她摟過來，手在她身上摸索著，「告訴我，我以後好再找妳啊。」

她咯咯笑著，躲著我的手，說：「別鬧了，看在你是個帥哥的分上，一小時五百吧。」

我心裡嚇了一跳，但表面上裝作老手的樣子，說：「那過夜呢？」

「我一般不過夜的，」茱莉認真地說，「吉姆是熟客，我

才破了這回例。哦，都十點了！」她探身看了一眼床頭的鐘，乳房飽滿地蕩了一下，「我下午還有個客人呢，得走了！」

「什麼？」我一把抓住她的胸，「我們還沒做呢！」

「沒做？你昨晚都做了三次，還不夠？」

我堅決地把她按倒：「那不能算的，我都神智不清，妳得讓我清醒時做一次！」

「再做要收錢的……」她笑著說。

我嬉皮笑臉地說：「我昨晚被妳迷姦，還沒收妳錢，就算抵消吧！」

當然，最後她沒收我錢，只是在完事後很有職業精神地問我：「那你幫我一個忙吧。」

我滿口答應說：「沒問題啊，什麼忙？」

「吉姆說你是中國人，我也有些中國客戶，但他們不會英文，你能幫我做翻譯嗎，親愛的？」

「翻譯？妳是說你們幹活的時候，我在旁邊翻譯？」這活兒我大學時的一個哥兒們幹過，翻譯了數十部美國A片，方圓幾十里地內賣盜版光盤的沒一個不知道他，提起來個個交口稱讚，都說不愧是名牌大學，水準就是夠高。

「不是啦。就是你幫我談一下交易，讓我弄清楚他們的需求。」

「哦，拉皮條啊。」我有點不高興地說。

「不是啦，客人已經聯繫好了，只不過有時候他們會有些特別的要求，你幫我翻譯一下，」她敏感地察覺到了我的不高興，拉住我的手放在她臀上，把身子貼上來輕輕扭著，「親愛的，你放心，我不會讓你白幹的，我會給你驚喜的。」她又在我臉上親了幾下，撒嬌似地說：「甜心，幫我一個忙嘛。」

這滿懷的溫香軟玉讓我無法拒絕：「OK，寶貝，但妳說話要算數啊，妳打算給我什麼驚喜呢？」

「哈，你到時候就知道了！」她猛親了我一口，從床上一躍而起，撿起胸罩往身上扣，「客人下午就來，我到時候打電話給你！」

21

送走茱莉後，我去向吉姆道謝。吉姆大剌剌地說：「小事一樁。我們都是自己人了，客氣個什麼！你感覺怎麼樣？沒有燈枯油盡吧？哈哈！好好休息吧，晚上還要見投資者呢。」

「去你的！」我推了他一把，又問道：「投資者，什麼投資者？」

「咦？你忘了嗎？昨晚我跟你說的，中國投資者啊。」

「哦，是嗎？」我有點不好意思地說，「我昨晚有些high，你再給我說說看。」

「哈，我就知道你見色忘義，看見美女就把我們都忘了！是這麼回事，有個中國來的投資者，是什麼什麼市的市長……」吉姆發出兩個古怪的音來，我琢磨了一會兒才明白過

來，這對應的是國內一個中等城市，「準備投資一千萬美金給我們。」

「啊？這麼多錢？」我不由得對那位市長刮目相看。我知道國內正在提倡發展高科技產業，我們這一行也正可算技術密集型，「這市長和市政府了不起！魄力大，耳目靈，眼光準！」

「什麼市政府？」吉姆說，「不是他們市的投資，是市長自己的錢。」

「他怎麼有這麼多錢？」我失口問道，但當然馬上就反應過來了，「那，那我們不是拿贓款做本錢了嗎？」

「是贓款，那又怎麼樣呢？」吉姆滿不在乎地說，「老搖，我昨晚不說了嗎，我們團隊一直是在用贓款啊！」

我條件反射地看看自己的手，在衣服上擦了擦。吉姆繼續說：「只不過以前我們沒有門路，只能聯繫些小人物小打小鬧，這還是第一次上千萬的生意呢！」

「可是，可是……」我終於全明白了，「這不是洗錢嗎？」

「就是洗錢啊！」吉姆坦然地說，「他們有錢要洗乾淨，我們需要資金，雙方合作，互利互惠，有什麼不對的？你真的什麼都不記得了？你昨天答應了的，要去給市長示範。」

我陡然省悟過來：「怪不得你要招募華裔算牌手！薩麗不

懂算牌，你打算讓我去拉生意！」薩麗人看上去也挺精明的，但就是學不會算牌，又總在忙她的生意，問她的生意是什麼，她卻神神祕祕地不肯說。

「對啊，你昨天答應了的！其實我和薩麗已經基本和他談好了，我們收10％的手續費，幫他把錢洗乾淨。不過那種人，你也知道，疑心重，所以你今晚給他示範一下，讓他看看這算牌是怎麼回事，知道我們不是把錢都吃喝嫖賭去了，是真有本事洗錢的！」

「這事我不能幹……」我結結巴巴地說，「要是洗黑社會的錢，我還可以幹，洗國內貪官的錢，我，我，我不能幹……」

「有什麼不能幹的？」吉姆冷笑著說，「還不都是錢嗎？」他從錢包裡掏出一張鈔票來，居然是張一百元的人民幣，「你看這個人，你當然不會喜歡他，可你敢說你不喜歡這張紙嗎？」

「對，我承認我喜歡這張紙，但我有其他辦法去賺它……」

「其他辦法？我昨天不都說了嗎，算牌已經死了！你有什麼其他辦法？」吉姆越說越有點生氣，「你這人怎麼說話不算數呢？你昨天答應得好好的，怎麼今天忽然變卦了！我都和市長聯

繫好了，你教我現在怎麼跟人家交待？你怎麼能這樣不講信用呢？！你想想，我是怎麼對你的？我幫你提高技術，把你變成一個真正的算牌手，幫你包裝，連你喜歡的女人都幫你找來了，你就這樣對我？」

我正要反駁，吉姆的手機忽然響了。他打開手機看了一眼，接通了說：「嗨，凱若，妳好⋯⋯可以等一下嗎？」

凱若？我覺得這個名字好像有點耳熟。

吉姆按了一下「消音」鍵，對我說：「老搖，我先到裡面接個電話，你再好好想一想。」他放緩語調說，勉強咧嘴一笑，「對不起，剛才我有些太激動了。你放心，好好想一想，我們畢竟是自己人，沒什麼不好商量的。」

他走入臥室，關上了門。我躡手躡腳地走到門口，將耳朵貼在門上，隱約聽見他說：「⋯⋯太好了，一千萬都到了嗎？⋯⋯嗯，好，好⋯⋯可以啊，哪個賭場都可以，看你們的方便了⋯⋯我們這邊也基本上安排好了，今晚給他示範一下，把合約簽了，明天就可以開始幹活了⋯⋯對，妳幫我準備一張今晚用的貴賓卡⋯⋯數量？呃，我看先放十萬吧⋯⋯不，用市長的名字，現在還都是他的錢麼⋯⋯然後妳這樣，分七份，哦，也許是六份，我還需要最後確定一下⋯⋯不，不是平分，這個名字和數額我今天下午過來時會給妳⋯⋯妳這樣，在各個

賭場之間分開，凱撒宮和百樂宮放多點……」

　　我也想起來凱若是誰了。我沒有再繼續偷聽他們的細節討論，回到客廳，坐在沙發上，逐漸有了主意。我決定賭一把。

　　十多分鐘後，吉姆從房間裡出來，又問我：「怎麼樣？老搖，考慮好了嗎？」

　　「我想通了，」我站了起來，笑著說，「跟你們幹！」

　　吉姆喜笑顏開地一拍我肩膀：「太好了，老搖！我就知道你不會讓我失望的！」他到冰箱裡拿出兩罐啤酒，拋給我一罐，打開了一碰：「為了我們的成功，乾杯！」

　　我喝下一大口啤酒，問他：「可是，吉姆，昨晚我抽high了，你說的東西我都沒聽見。我們這一票，到底怎麼幹啊？」

　　吉姆哈哈一笑，在我旁邊坐下，給我上了一堂賭場洗錢的基礎課：國內的地下錢莊把市長的錢脫鉤、存進、分帳、轉出，現在到了一家臺灣人開的旅行社，我們從他們那裡拿了現金，在賭場裡賭一遍，就變成了合法收入，交完稅、抽完我們的手續費後，投資到市長在美國註冊的一家公司裡。洗畢。

　　「美國的公司？」我問，「那這錢還是在美國啊，市長在中國怎麼用？」

　　「就是要洗到美國啊，」吉姆啞然失笑，「他在中國還需要花錢嗎？這是防止將來他要出了事，懷揣一本護照上飛機就奔

美國來,或者他打算金盆洗手,退出江湖了,到美國逍遙的錢啊!你看這種人,以前他們在賭場洗贓款,一來不會玩,損失慘重,二來鉅款出手太快,容易引起注意。現在我們幫他們賭,大不了賭注變化小些,哪怕就只用基本策略,我們仍然賺10%!而他們損失小了,又安全,雙贏!」吉姆說得興起,乾脆站起身來,富有感染力地演講:「這是一個嶄新的生意機會!以後我們信譽起來了,全面占領中國市場,你想,全中國該有多少機會、多少客戶啊!這幾乎就是一個算牌手的終極夢想了!」

他將啤酒罐又與我一碰,仰脖咕咚咕咚地喝光,拍拍我的肩說:「我們好好幹,你把這一票搞定了,以後我們做大了,你不就是我們的首席銷售、市場部總管、兼首席公關嗎?」

我笑了笑,沒接話。

「哦,對了,」吉姆又說,「我聽茱莉說,你答應幫她做翻譯?」

「對,你怎麼……哈,我知道了,她要我幫忙翻譯的客戶,就是市長?」

「是啊!」吉姆呵呵大笑,「我叫她找你幫忙的。先給市長留個好印象嘛!」

我苦笑著搖了搖頭:「吉姆,你真是太屌了,我對你的景仰之情,有如滔滔……」我說了一半就打住了,因為想來吉姆

也不知道這典故，轉口說：「那你有茉莉的電話號碼嗎？她說今天下午就有客人，我得給她打個電話。」

吉姆笑著說：「怎麼？她居然沒給我們的大帥哥號碼？」一面掏出手機來尋找，「你記一下吧，702……」

「不用了，也許她真的不願意給我她的號碼呢。」我連忙說，「我還是下次直接向她要吧，這次就先用你手機打好了。」

「嘿，有什麼關係？」吉姆笑了笑，把手機撥通了，遞給我。我接過來，說：「茉莉，我是老搖，現在在吉姆這裡。」

雖然隔著電話，茉莉的聲音仍然甜得發膩：「嗨……老搖甜心，你好嗎？」

我說：「挺好。下午妳要我什麼時候過來？在哪裡？」

「三點鐘可以嗎？地點在『巴黎』，我的房間號碼是……」

吉姆轉身去打開冰箱，又拿出一罐啤酒來。我飛速地將他手機調到選單，查到「最新來電」，瞥過那個電話號碼，然後繼續若無其事地和茉莉胡侃：「寶貝，妳得先告訴我，妳許諾的好處是什麼……嘿，妳當然知道我要的好處是什麼……那我就不來了啊？……切，我這麼屌的翻譯，妳以為哪裡都能找到嗎？我大學時就翻譯過A片……嗯，這還差不多，來，好茉莉，再來一個……」

　　掛了電話後，我把手機還給吉姆。吉姆笑了笑說：「這茱莉……也就是你，換了別人，我還真不放心呢！不過老搖你從來沒讓我失望過，這次能不能拉住市長這個客戶，就看你了！」

　　「你放心吧！我們中國人有個說法，叫『四大鐵』，就是說什麼人的關係最鐵呢，一起扛過槍，一起下過鄉，一起分過贓，一起嫖過娼。咱這回陪他一起嫖過娼，他想不跟我們分贓也不行了！」我笑著說，又隨口問道：「那你下午幹什麼？」

　　「我？嘿，我的事情也不少啊，得去見凱若，就是剛才給我打電話的那個人，」吉姆解釋說，「她是那家臺灣旅行社的老闆娘。你是沒見過她，不好對付啊！別看長得挺溫柔嫻淑的，人精得比鬼還厲害，也就是這兩年才出來做事，一下子就把他們旅行社的事全管住了，她老公對她俯首帖耳，一個屁也不敢放。我下午去跟她商量轉錢的事，也不是件容易的差事啊！」

　　我哈哈一笑，說：「那好吧，我們回去各自準備！哦，用一下你的洗手間。」

　　我進了洗手間，關上門，把剛才記住的號碼存入手機，再按下馬桶的沖水按鈕，在隆隆的沖水中，打開水龍頭洗手。洗完手後，我不經意地看了看鏡子。依舊是熟悉的那張臉，和昨天一樣的蒼老，並沒有多出一道皺紋，也沒有長出一根白髮，只是那鎮定的表情更加像是強裝，嘴角的冷笑又多了一絲自嘲：

Hey you，洗錢機器上的一顆螺絲釘。你曾掙扎，你曾反抗，你曾出走，可all in all you are still，another brick in the wall。

22

　　市長是薩麗陪著過來的。那時我已到了茱莉的房間，本想提前向她領取那份「驚喜」，但她說怕弄壞了妝，不肯讓我占便宜。正嬉鬧間，市長來了，領帶革履，梳著大背頭，頭髮黑得泛油，面色黑裡泛油，身材已中年發福，但神色昂然，顧盼自如。薩麗給我們介紹了，曖昧地一笑，就先離開了。剩下我們三個，茱莉和市長的表情都還挺自然，就我覺得氣氛有些尷尬，不知道該說什麼好。

　　好在市長先平易近人地開了個玩笑：「小搖啊，你這回可幫到我大忙了。薩麗是女同志，這個，啊，畢竟不太方便。主要是這個美國的小姐，素質太低了，啊，說什麼都不懂，整個一問三不知！都二十一世紀了，也不跟國際接軌。哈哈！」

　　我心想：得了，您的素質也不怎麼樣，身為市長啊，這種官場基本應用英語都不會。口中卻笑著回答說：「您說得對！她們該向俄羅斯小姐學習，要紅專並進，加強業務學習！」

　　市長笑著說：「俄羅斯小姐嘛，服務態度是好的，啊，業務水平也是高的，就是可惜，啊，不太符合我們中國人的國情，哈哈！」

　　我把市長的批評給茉莉翻譯了，茉莉無辜地睜大了她美麗的眼睛：「他真的這麼說嗎？但大家不都說愛是全世界通用的語言嗎？」

　　這話把我澈底噎住了。我看看她嬌美的容貌，再看看市長和藹的笑容，忽然一陣恍惚，只覺得自己彷彿不生活在這個世界，而是從另一個世界裡莫名飄來的孤魂野鬼。

　　市長說：「小搖，你先給我翻一下，我要雙飛。」

　　我給茉莉翻譯了。茉莉爽快地說：「沒問題，我現在就打電話給一個朋友。你跟他說，照樣收費，一千五一小時！」

　　「一小時一千五？」我有點吃驚地說，「妳還真拿我們中國人當凱子啊？」

　　茉莉說：「嘿，親愛的，別生氣。吉姆說了，這人有的是錢，只要我最後給他開個發票就行了。」

　　我又一次被噎住了，只覺得民族恨、階級仇，一齊湧上心

頭,天人交戰了好一陣,階級仇才壓倒了民族恨,讓我繼續做國際主義掮客。市長聽我翻譯後說:「價格沒問題,但貨色一定要好啊,別把我當凱子,拿東歐、越南女人來糊弄我。」

茱莉連忙滿口保證。市長點了點頭說:「另外我還要做個冰火。」

「冰火?」我的專業知識顯然也不夠,不知道「冰火」的英文怎麼說,心中暗想:真見鬼,這些人有空把這些黑話說得滾瓜爛熟,怎麼就不肯學兩句英語呢?只好長篇大論地詳細解釋給茱莉聽了。茱莉笑著說:「沒問題啊,算在口活裡好了,再加五百塊!」

他們又商討了一陣子細節,茱莉的朋友來了,也是個金髮美女。市長看了很滿意,她們對市長的豪爽也很滿意。市長笑嘻嘻地上去,一邊摟了一個,便開始動手動腳起來。我心想:「這人也真不害臊,還領帶革履著呢,當著我的面就要流氓。」跟他們打了個招呼,就要離開,卻被他們各用中英文叫住:「哎,你別走啊!」

我先用英文回了一句:「見鬼!你們以為我變態啊,站在這兒看你們做!」再用中文說:「市長,您就先玩吧,有事打電話給我好了。今天您可一定要為國爭光吶!」

「你還擔心我紅旗能打多久?」市長哈哈大笑說:「我是

久經考驗的老戰士了，你等著看我把紅旗插上美帝國主義的高峰吧！你們這些人啊，出國久了，不知道我們的國家啊，現在已經大國崛起了！」

我連忙認錯：「我知道，我知道。中國正在大國崛起，這全世界都知道，都正熱烈討論呢！馬上外國鬼子就都要來考中文GRE了，到時候一定要請您出詞彙題，不背熟『雙飛』、『冰火』的，咱們不讓他們來中國！」

結果市長的紅旗打了一個多小時。他出來後，春風滿面，還興致勃勃地跟我探討了一會兒中美女性比較學。薩麗和吉姆來接了他，去飯店吃晚飯。席上賓主言談甚歡，席後，我和市長、吉姆便前往「龍宮」賭場，去進行項目可行性的客戶展示。

「龍宮」是拉斯維加斯新開的一家中國風格賭場，不在Strip上，也不算很豪華。我私下裡問吉姆：「為什麼去這家『龍宮』？幹嗎不去『百樂宮』、『凱撒』？市長肯定更喜歡豪華賭場，中國人最吃這套。」

吉姆聳了聳肩說：「這都是凱若定的。她說她認識『龍宮』的人，訂他們賭場的貴賓卡，能打10%的折。」

「10%？這麼多？今晚我們放十萬塊錢進去，那就是一萬塊的折呢！」

「是啊，市長一聽說能打折，立刻就同意了。可是，

唉，」吉姆放低聲音說，「你知道嗎？我聽說這『龍宮』是黑社會開的，他們的折，不好拿啊！」

「這還不好辦嗎？我們故意再輸給他一萬塊不就行了嗎？」

吉姆搖了搖頭：「你忘了，今晚的任務是要讓市長相信我們能賺錢，要是輸掉這麼多，怎麼說服他？」

「那怎麼辦？」

「怎麼辦？」吉姆雙手一攤，「我也問了凱若，她說，沒問題，『龍宮』那邊，她能搞定。」

「她能搞定黑社會？」

「誰知道？我跟你說過，這女人很厲害的。既然是她和市長都要去『龍宮』，那我說什麼也沒用。反正今晚我們小心點。」

我們到了「龍宮」後，直接走進貴賓室，坐上一張最低賭注五百元的桌子。桌上沒有其他顧客，發牌員開始洗牌，吉姆讓市長拿出貴賓卡給桌面經理，兌換了五萬元籌碼。牌是發給我的，我一邊玩，一邊向市長解釋。吉姆也不時地或用半生不熟的中文，或透過我的翻譯，和市長搭上幾句。

玩了不到半小時，一切順利，不輸不贏，只是市長在旁邊看得越來越心癢難耐，要求親自上陣。吉姆同意了。於是牌改發

到市長面前，反正二十一點的基本策略也不難，他憑直覺也基本玩得有模有樣，幾十分鐘下來，足足贏了近三千塊錢。眼看市長越玩越手舞足蹈，我向吉姆擠了下眼睛：「處女運。」

吉姆嘿嘿一笑，還沒回答，手機忽然響了。他站起身離開桌子，才說了幾句，語氣便陡然變得急促起來，握住手機對我說：「薩麗出了車禍，我得趕緊去醫院看一下。」

我吃驚地說：「啊？她人不要緊吧？要不我們一起走吧？」

「不急，市長玩得正開心，你再陪他玩一陣子吧，差不多了就收手，別贏太多。我到了醫院會給你打電話的。」吉姆跟市長打了個招呼，便匆匆走了。

他走後不久，一個工作人員走過來，微笑著用中文說：「對不起，再過十五分鐘，這張桌子的賭注將被提到五千到十萬元。」

市長問我：「他這話什麼意思？」

我說：「賭場到了晚上，賭注都要往上提一截，因為晚上生意好嘛。我們這桌的賭注範圍本來是五百到一萬，馬上就要漲到五千到十萬了。我們一直是壓五百的，五千的風險太大了，我們不如收手走吧。」

「啊？原來我們到現在一直在壓最少的賭注啊？」市長不

快地說，「小搖啊，不是我批評你，還有吉姆，也太門縫裡看人了嘛！我們國家正在崛起，啊，到了外國，我們就代表國家的形象嘛，要表現出泱泱大國的氣勢來！壓最少賭注，人家一提賭注範圍，就夾著尾巴逃跑了啊，這不丟我們國家的臉嘛！」

「可是……這……」我小心翼翼地提醒說，「這臉雖然是國家的臉，但錢是您自己的錢……」

「嘿，怕什麼？！你們年輕人，怎麼還沒我們老同志魄力大呢？」市長一揮手，「不就是最低五千嗎？我們壓一萬！沒看見我手氣一直好嗎，啊？」

這時發牌員也換人了，換上來的是個亞裔，身材不高，神色精明，臉上帶著訓練有素的笑容，頭髮精心地豎著，胸牌上寫著名字「傑瑞」。不過我們且還是叫他的中文名：財哥。

財哥一上來就給市長發了張A。「好兆頭，剛提賭注就來A！」我在旁邊敲著桌子說，「別浪費了A，別浪費了A！」財哥給市長發出第二張牌，果然是張10。我擂了一下桌子，大叫一聲：「好啊！」市長也笑逐顏開地對我說：「看見沒？這一把贏得比剛才幾十把都多！你們這些同志吶，站得太低，看不遠。要有幹大事的魄力！這工作早讓我來做，少讓你們在黑暗中摸索好幾年！」

我只好再次認錯，檢討自己低估了大國崛起的魄力。財哥

仍然面帶微笑發著牌，市長時而連勝，時而連敗，時而膠著，引得他也不再顧及國家的形象，時而大呼小叫，時而咒爹罵娘，更不用說賭注開始奇詭怪變、神鬼莫測，變中有漲，螺旋式上升。

一切都在我們預料中。所有的蘿蔔都是一樣的，尤其是無師自通這一項。

唯一讓我意外的是財哥的技術，比四年前已不可同日而語，我明知他在換牌，但哪怕盯著他的手看，也幾乎看不出任何痕跡。我心中暗暗吃驚，表面上卻仍然裝作興致勃勃地幫市長玩牌。

吉姆打來電話時，市長剛把五萬塊錢全輸掉，正拿出貴賓卡來，問桌面經理：「我這卡裡還有多少錢？」經理去查了一下，說：「還有九百九十六萬。」市長一聽，便一揮手，叫他再刷十萬出來。我問市長：「吉姆打電話來問情況，我怎麼說？」市長說：「就說一切正常！」

我又問：「他要問怎麼個正常法，輸贏多少，我怎麼說？」

市長一瞪眼：「你這人腦子不會轉彎的？就說贏三千！」

我對吉姆說了，順便問他：「薩麗怎麼樣？沒傷著吧？」

「哦，她沒事，撞車時嚇了一下，但人沒受傷。對方也是中國人，說他們有人受傷了，堅持要上醫院，又叫來了警察。現

在還在吵呢。你那邊正常就好，我先把這邊事情處理了。你不要贏太多，見好就勸市長收了！」

我答應了。再看桌上，財哥臉上仍然是一成不變的微笑，掌中卻收發自如，大輸小贏、長輸短贏，將市長撩撥得如同心火上竄，哪裡還收得住？眼見他又輸掉十萬，再刷出二十萬。又輸掉二十萬，再刷出五十萬。領帶扔掉了，襯衫扯開了，鞋踏上了椅子，血紅上了眼。等升級到一百萬時，他已是怒髮衝冠，一把將一百萬都壓了下去：「他娘的！老子就不信了！這一把決勝負！」

財哥微笑著發出了牌：市長是7和8，財哥亮牌是9。市長一邊咒罵，一邊要牌，口中叫喚：「6！6！」來的卻是張7。

22點，爆掉。財哥收掉他的籌碼，雙手扶桌，含笑看著他。市長愣在那裡，喃喃自語：「怎麼會呢？怎麼會又輸呢？」

我小聲說：「市長，要不我們到此為止吧。您已經輸了兩百萬，現在收手還來得及，您還有八百萬，再輸可就……」

市長怒目瞪了我一眼：「你這人！你以為我不知道你想什麼！啊？你怕我把錢輸光了，沒法給你們投資是不是？你知不知道是我輸了兩百萬美金！啊？你說得輕鬆，反正也不是你的錢！我偏不信這個邪，我就要一把給他撈回來！」

市長又刷出兩百萬，一把壓了下去。桌上的賭注限制不知

道什麼時候已經換成十萬到五百萬。財哥微笑著發出牌來：市長得了張10，他擂著桌子喊道：「再給我來個10！」

　　結果來的牌更好，是個A。市長猛力一捶桌子，「哈」的大叫一聲，對我幾乎是喊著說：「看見沒有？什麼叫魄力！啊？你不敢壓，怎麼贏得了？」

　　財哥亮出自己的牌：18點。他微笑著說：「天成。付一倍半。」付給市長三百萬，然後手往桌上一攤，等待市長下注。

　　市長擦了擦額上的汗，對我說：「你看我現在手氣好了，反正現在也多贏了一百萬美金，不壓白不壓。」也不等我回答，又壓下去一百萬。

　　這把輸了。市長小嘆了口氣，但也沒顯得太沮喪，又對我說：「有輸有贏嘛！下一把肯定該贏了！」又沒等我回答，便壓下去兩百萬。

　　財哥微笑著發出牌來：A。然後就在我們的喚10聲中，又來一個A。市長罵了一句：「怎麼不是10！」財哥擺出自己的亮牌：6。我忙說：「沒關係啊，兩個A比天成還要好，他亮牌是6，很糟糕的，我們分牌，贏兩倍！」

　　市長想了想，點頭說：「兩張A，不分是十二點，不分不行啊。」又刷了兩百萬壓了下去。財哥將他的兩張牌分開擺好，發出一張牌來，是個9。市長點點頭，我高興地說：「二十點，對

他亮牌6，咱們準贏！」

第二張A卻又得到張A，我低低地驚叫了一聲，問市長：「還分嗎？」市長手捏貴賓卡，拇指在卡上神經質地搓動，將汗水在卡面上搓成一層水膜。他看看自己的牌，看看莊家的牌，終於遞出卡片，說：「分牌！」

分牌後，第一張A來了張5。軟十六點。我說：「按基本策略，軟十六點對莊家亮牌6，應該加倍。」市長聲音有點發抖地說：「還加倍？是不是太冒險了？」

「基本策略是這樣說的。軟十六點，來1到5是好牌，來其他牌也不會爆，他亮牌是6，爆的可能性很大。」我說，「基本策略是這麼分析的，不過這是您的錢，到底怎麼玩，還得您看著辦。」

「嗯，我想這邊是二十點，應該能贏他的6，那邊還有個A，說不定來個10，天成……三個A，總得來一個10吧……」市長口中說著，手指卻遲遲點不下去。

「那您不要牌了是吧？」財哥微笑著等了許久，終於忍不住開口了，給另一個A發出牌來。

「喂！我們還沒決定呢！」我和市長一起喊道。市長還訓斥了他一句：「你怎麼這麼性急？什麼態度嘛！」財哥連忙將手中的牌一翻，收了回去。我和市長同時看清了那張牌：4。他跟

我對望了一眼，我無聲地說道：「4。」市長點了點頭，又刷了兩百萬，加倍，得到那張4。

然後是另一個A。來的是4，軟十五點，情況和剛才幾乎一摸一樣。市長一捶桌子：「怎麼有這麼玄的牌？他媽的，老子豁出去了！反正也這樣了，再加倍！」

桌面經理禮貌地說：「市先生，您的卡上現在只有十六萬，沒法加倍，但可以小加倍（Double for less）。」

「啊？怎麼會只剩這一點了？你再算算看，肯定算錯了！」市長氣惱地說，「我這把要贏的！贏少了你負得起責嗎？」

經理又到電腦前一陣忙碌，印出一張紙，拿過來說：「市先生，您請看，這是您今晚的刷卡記錄。」

我插話說：「不是說你們賭場的貴賓卡，可以打10％的折嗎？市長今天在裡面放了一千萬，那應該有一百萬的折扣啊？」

經理說：「對不起，那折扣只打到十萬元的存款為止。」

「什麼十萬元？你沒看見我放了一千萬嗎？」市長斥道，「你們這個政策怎麼定的？我是一千萬的大客戶，怎麼能拿十萬美金的政策來糊弄我？我該享受一千萬元的標準！叫你們領導出來，我要直接跟他談！你還不知道我是誰吧？！」

經理連忙道歉，陪盡好話，又打了一大通電話，最後終於

過來說：「好了，市先生，我和管理階層已經溝通過了，他們同意給您所有的一千萬都送10％的謝禮。那麼您現在的卡裡一共有……」他低頭看了看新列印出來的一張紙，「一百一十六萬。」

「一百一十六萬？那也不夠啊？去跟你們經理說，我是大客戶，要打20％的折！」

我在旁邊勸道：「算了，市長。一百一十六萬，我們也可以小加倍嘛，這把能贏一千萬呢，那不還是九牛一毛！」

市長哼了一聲，氣鼓鼓地說：「哼，我們先把這手玩完，再找他們算帳！」

他小加倍後，來了張8。硬十三點，不算太好。我忙安慰他說：「沒事，我們只是小加倍，輸也輸不多，而且那邊兩把穩贏呢。」

市長的三把牌、五份賭注都已放好，他緊張地看著財哥翻開他的底牌：5。市長倒吸了一口冷氣。財哥發出下一張牌：3。市長又舒了一口氣，身子前俯，幾乎要壓到財哥的牌上去了，額上滿是汗水，語無倫次地喊：「10！10！爆掉！爆掉！」

財哥翻出下一張牌，是個2。市長喊得更起勁了。我卻直起身子，環顧了一下房間。三個桌面經理和一個貴賓經理都微笑地

看著這桌。財哥微笑著慢慢翻出最後一張牌。我抬頭看看房內遍布的攝影鏡頭，推想著鏡頭後面的人，大概也帶著同樣的微笑。因為我們都知道下一張牌是什麼。

「肏！」市長大吼了一聲，「我肏！我肏你媽——」他最後這一聲裡的憤怒已大為減少，而更多的是絕望。「不可能！哪有這麼巧的！我來兩個二十點，你就來二十一點！你們領導在哪兒？我要見你們領導！叫你們領導出來！我告訴你，我認識你們州長！你們今天不把事情講清楚，我一個電話打到你們州長辦公室，明天就叫你們關門！」

財哥他們仍然只是微笑著看著他，彷彿在欣賞丑角表演。我拉住市長說：「算了，市長……」

「什麼算了？！哪有這樣的事情？」市長一把掙脫我，雙目怒睜，眼中滿是血絲，「一千萬！一千萬美金吶！一個晚上就不見了！這吃人還得吐骨頭吶，這，這，賭場怎麼能把別人的血汗錢，一輩子的血汗錢，一個晚上就全吞掉了？！啊？這是什麼世界？！還讓不讓人活了？！我要向上級反映！我這就給他們州長打電話！」

我強忍住心頭的好笑，沉痛地對他說：「市長同志，這就是資本主義社會。殘酷啊！」

23

　　次日下午，我如約來到「龍宮」財哥的辦公室。凱若已經在那裡了。她頭髮在腦後盤成髮髻，臉上略施粉黛，耳上掛著兩只金色耳環，脖上圍著大顆珍珠項鏈，一身米白，素雅端莊，只是右手無名指上的鑽戒又大了一號。我微笑著跟她打了個招呼：「嗨，凱若，好久不見！」伸出手去。她伸手和我輕輕一握，矜持地說：「你好，老搖。」

　　「嗨，老搖，你來了？」財哥笑著拍了拍我肩膀：「我們正在聊你們當初怎麼認識的呢。原來你用過他們旅行社的服務？」

　　「對，」我笑著說，「那都是好久以後的事了，凱若，是吧？好像是四年後？」

　　凱若帶著一絲不解說：「你是說四年前吧？不過我怎麼記得是兩年前？」

　　「哦，那也許是兩年後……反正妳是比我上次看見妳時又年輕了好幾歲！」

　　財哥哈哈大笑起來。凱若也微微一笑，說：「你可是一點也沒變。」

　　我笑了笑說：「我就這樣，變不了了。倒是財哥，變化不小，那一手second的技術，簡直神了！」

　　「哈，」財哥笑著說，「老搖，現在這裡都是自己人了，我也沒什麼好隱瞞的。說實話吧，我技術也沒那麼神，只不過牌是預先洗過的，發牌機裡也有機關，我只要拿牌時稍微調整一下就行了，要什麼牌，來什麼牌！」

　　「哦，怪不得！」我恍然大悟，「我本來還一直擔心，如果吉姆要求調看錄影帶，我們怎麼辦呢！」

　　「哈，他當然也來了！氣勢洶洶的，說要調我們的錄影帶看，不然就告到賭博監察委員會去，」財哥得意地說，「結果我跟他說了一句話。就一句，他馬上乖乖地走了。」

　　「哦，什麼話？」

　　「聽說你老婆剛才出車禍了？」

　　我們同時大笑起來，但我還是有點擔心地問：「他不會再

來找麻煩吧？他在賭博圈裡也混了很多年，路子好像挺廣的。」

財哥輕蔑地說：「哼，就憑他？也配跟我們『龍宮』鬥！」

「那凱若呢？吉姆有沒有來問妳，明明是要存十萬塊，怎麼到頭來一千萬全存進去了？還有市長，他在中國有關係，會不會報復你們？」

「這你放心，」凱若微微一笑，「他們有把柄在我們手裡。」

「嘿，老搖，你別擔心這擔心那的了，看不起我們不是？」財哥遞給我一杯香檳，又問凱若：「凱姐，妳喝什麼？一點香檳沒關係吧？」

凱若忙說：「哦，對不起，我真的喝不了酒。我家從小家教很嚴的，不讓女孩子喝酒。我以茶代酒，聊表心意吧。」

財哥笑著說：「好，我們乾一杯，慶祝這次合作成功！」

我們碰了下杯，各喝了一口，財哥說：「老搖，這一票我們可賺得不少啊，一人兩百萬！不賴吧？哈哈！」

我說：「那還用說！那什麼狗屁市長還想讓我替他洗錢？我這一票不是比幫他洗錢賺得多？」

財哥哈哈大笑，一拍我肩膀：「說得好！男子漢大丈夫，就該有這樣的志氣！來，再乾一杯！」

　　我跟他仰脖把香檳都喝了。財哥又拿起桌上的瓶子，給我續酒。凱若笑著說：「那你們慢慢喝，我還有些事情要處理，就先走了。」

　　財哥忙過去給她開了門，說：「那好。我知道凱姐妳忙，就不送了。」

　　「沒關係。」凱若對我點點頭，走到門口，又站住了，回過頭來笑著說：「再見，老搖。」

　　我也笑著說：「再見。」

　　她微微一笑，轉過身去。我看見她背影窈窕，髮髻一絲不亂，只有耳環輕輕搖晃著，隨同高跟鞋的腳步聲，漸漸消失在門外。

　　財哥點燃一根香菸，悠然吐出一個煙圈，漫不經心地問道：「那，老搖，龍哥的案子，最近有什麼眉目嗎？」

　　「沒有，還是沒找出兇手是誰。」

　　「那小虎呢？聽說他進去了？」

　　我心中有些不快，但還是回答說：「他運氣不好，正好給警察逮住了，告他『非法使用武器』、『過度使用暴力』什麼的，五項罪名，八年。」

　　「嘿，」財哥搖了搖頭，鼻子裡噴出兩道白煙，「我早就跟他們說過，不能再做老一套的會社了，得變！你看，我們『龍

宮』現在做得多興旺，敞開大門擺開桌子賺錢，不比以前大家擠在唐人街做會社強！龍哥這人，腦筋太死，他要遇事多變通一點，也不會遭人暗算了。現在世道變了，光靠講義氣、肯拚命，行不通了！你看我，現在在『龍宮』，出入都是經理，多有面子，要不是你這票數字大，我根本就不用下桌！要還在費城唐人街那地下賭場混，我能有今天嗎？」

我笑了笑，沒接話。財哥繼續在煙霧繚繞中說道：「哈哈，不過說起來呢，這也得感謝你吶，搖哥！要不是你當初膽小，不敢跟我合作，我們真的去騙賭場的錢，嘿嘿，這下場我可知道，什麼遞解出境、回國勞改？哈，你要能走得上飛機，就算你命大了！老搖，還是凱姐說得對，你真是一點也沒變，怎麼還在算牌吶？你真不明白嗎？這賭場的腿多粗，你的腿多粗？你費盡千辛萬苦，學算牌、躲監視、打游擊，最後能賺多少？賭場腿上拔一根毛下來，就比你粗！」

我說：「得了，財哥，我想幹什麼，是我的事。謝謝你的勸誨了。」

財哥搖了搖頭，說：「我就知道你不愛聽這些話。算了，我也別討人嫌了。你那兩百萬，你說要過三個月再拿，對不對？其實有什麼關係，吉姆那種人，我們『龍宮』伸一個小指頭就把他捏死了。不過隨你吧。」他遞過來一張卡片，「我都安排

好了，你三個月後，到這家賭場去，找到上面標的那個老虎機，按那個順序投幣，然後就……哈哈，等著拿大支票拍照片上牆吧！」

我接過卡片看了一眼，放進口袋。財哥說：「咦，這你可不能拿走，出了事，那邊賭場怪下來，我可吃不消。你把它背熟吧。」

我只好將它背了一遍：「左側第四排左數第二個幸運輪，編號七六五，投幣順序：五、五、一、四、二、一、五、三、四、三、二、五。」

「嗯，一點沒錯，」財哥看著卡片，笑著說，「你們算牌的，就是記性好。」打開打火機，把卡片燒掉了。

三個月後，我走進財哥說的那個賭場，找到那臺機器，果然是個幸運輪，但上面顯示的jackpot卻非兩百萬，而是只有五十多萬。我在老虎機區轉了幾圈，看遍了所有的jackpot，也沒找到有兩百萬的。

我給財哥打了個電話，問他怎麼回事。財哥吃驚地說：「啊？怎麼會這樣？我都安排好了的啊？應該是兩百萬的……嘿，嘿……」他的聲音忽然變得有些怪，我聽見電話那段隱約傳來女人的笑聲，「嘿，乖乖……哦，老搖，要不你先投幣試試？也許是他們弄錯了？……嘻嘻，嘿……喂，老搖，你先試

試看好吧？恐怕是你自己弄錯了吧⋯⋯」

我只好在那臺機器上按順序投進幣去，但連投三遍，都毫無反應。我想：「難道真是我記錯了？不可能啊，明明是第四排的左數第二個幸運輪，編號也是七六五。難道是他們設置錯了？」又在這臺機器周圍的幾臺幸運輪上都試了一遍，照樣一無所獲。

我只好再給財哥打電話。這回接電話的是個女人：「哦，財經理啊，他不在耶。你有什麼事嗎？我可以給你留言⋯⋯」話還沒說完，她忽然「嘻嘻」低笑一聲，接著我聽見話筒被手蒙住的聲音，她在電話那邊隱約罵了聲：「討厭！」，然後又湊過話筒說：「那您貴姓？需要留⋯⋯」

我掛斷了電話，直往賭場門口走去。那裡有幾個人正在等計程車，我排在他們後面。我前面是一對老夫妻，慢吞吞地指揮服務生往計程車的後箱裡搬行李。我站在那裡等了一會兒，終於還是沒忍住，拿出手機來，撥通了凱若的號碼。

「對不起，這個號碼無人使用，請查明號碼之後再撥。」

我笑了笑，想：看來這把我賭中了開頭，卻沒有賭中這結局。一輛計程車緩緩駛近，我對司機說：「去機場。」

兩小時後，當我從飛機的舷窗往下望去，只見夜色中的拉斯維加斯霓虹閃爍，燈火通明，賭場大樓流光溢彩，美不勝收。

遠處火光四射，是「珍寶島」賭場的海盜表演，近處水光閃耀，是「百樂宮」賭場的音樂噴泉，再遠處一道雷射直射天穹，是Luxor賭場的金字塔，彷彿召喚著黑暗中的人們：這裡是你們歡娛的天堂，你們享樂的宮殿，你們夢幻的魔境。

我轉把目光投往遠方。遠方是一片黑黝黝的山脈。千萬年來，這裡由綠地變成沙漠，由小村變成賭城，只有這山脈相貌依然。遙想數萬年前，猛獁象還行走在這大地上時，當牠們在山上停住腳步，往下望去，或數千年前，一位印第安老人站在山頂，當山風吹拂，他的白髮飛舞，這覽物之情，得無異乎？

猛獁象已經滅絕，印第安人已不見蹤影。我看見拉斯維加斯大道上車水馬龍，如同汨羅江水般熙攘繁盛。

24

古人詩曰：曾經滄海難為水，除卻巫山不是雲；朱德同志亦有詩云：由儉入奢易，由奢入儉難，同是至理。經歷了算牌的生活後，我發現自己已難朝九晚五地上班，而總懷念著以前那刺激而又放縱的瘋狂日子。我不再信任那些老算牌手們，於是開始在網上發表《算牌日記》，看能不能找到中國留學生裡的一些同道。他們跟我背景相似，容易溝通，而且一般都是良民，共同組隊會比較容易。

小說在網上連載了幾個星期後，在MIT BBS上有兩個回應，一個在紐約，一個在加州。我和那位紐約的網友約了時間，在大西洋城見面，一起到「博個大」（Borgata）賭場，先試試手。這家賭場新開張，為了吸引顧客，有大西洋城最好的二十一點規

則。我先看他玩，發現他的水平確實如他自己所說，三年業餘算牌經驗，技術很熟練，但還有些習慣需要糾正提升。

接下來我上陣他觀摩，結果我才玩了半個多小時，忽然一個保安來到我背後，說：「對不起，我們需要你們到保安處走一趟。」

我和網友都有些驚訝。這來得也太快了。但也沒什麼可驚慌的，我們站起身來，被保安分別帶到不同的房間。房間裡這幾年也沒什麼改進，還是那老一套：狹小房間、壯漢保安、嚴肅經理。我在心頭默默醞釀抗議脫衣服的臺詞，琢磨著怎麼說才在寫進小說裡時最酷，沒想到他們也不搜身，直接就宣布說：「老搖先生，我們已經知道你和你的朋友是算牌手了。」

我有點驚訝地脫口而出：「你們裝了MindPlay嗎？」MindPlay是美國一家公司最近推出的反算牌賭桌，可以記錄每個賭客的每把牌和相應的賭注，再用軟體來判斷他是否為算牌手。在電腦面前，算牌將無所遁形。

「是的，」經理居高臨下地說，「所以我奉勸你以後就不要再來僥倖冒險了。」

「哦，那就好，我還擔心是我技藝不精呢。」我面不改色地說，等著他宣布我被禁止入場，或者限制賭注。

不料他卻把身子往椅背上一仰，讓助手給我端來一杯咖

啡，然後拿起電話，輕鬆地說：「瑪麗，我們這邊已經好了，妳可以過來了。」

我心裡有些狐疑，不知道這個瑪麗又要來幹什麼，沒收我的收入？罰買賣泥碼的錢？填稅表？但經理既然不說，我也就仍然擺出一副鎮靜樣，喝著咖啡等她到來。

很快，一個四十多歲的亞裔婦女推門進來。她身著套裝，臉著濃妝，雖掩飾不住疲勞和衰老，卻也顯得鬥志昂揚，進來也不坐下，扠腰扭胯，站在那裡談笑風生地和每個人打招呼。她的褲腿比較細，我看她那pose眼熟，想了一會兒，想起來了，是正像一個細腳伶仃的圓規。沒想到在萬里之外的番邦還能看到中學課本裡的典故，可謂「他鄉遇故知」。

經理給我們介紹，這瑪麗是「快活林大賭場」公關部門分管亞裔顧客的經理。我禮貌地站起來和她握手，她右手握住我的手，左手嬌嗔地一點，咯咯笑著說：「老搖先生，你今天才認識我，我可認識你很久了！我很喜歡你寫的小說呢！」

「哇！」我壓住心裡的驚訝，強開玩笑說，「你們賭場工作人員真敬業啊！」

「哪裡，主要是人家平時就喜歡看小說嘛！」我頭皮一麻，起了一身雞皮疙瘩，「你這小說寫得真不錯呢！我推薦給其他中國同事看，他們也沒一個不喜歡的！咯咯！你這樣的人材

啊，去算牌太可惜了。現在算牌越來越難了，你也不是不知道。以後所有的賭場都跟我們一樣，裝MindPlay，你就沒法再算牌了。那時候你怎麼辦？咯咯！」

「我怎麼辦？」我後半句「你跟著看我連載不就知道了」還沒出來，她已經接過話去：「你怎麼辦？你當然不用擔心。你這樣的人材，到哪裡大家不搶著要！咯咯！不過呢，我看我們有個職位，是最適合你的了……」

她說到這裡便停住了，扠腰笑咪咪地看著我，活像一個帶笑的圓規。我不禁也照樣笑咪咪地看著她，明知道她等著我接話，就是不作聲。她等了一會兒，臉上的笑容逐漸有些僵了，經理忙湊趣說：「是開唐人街發財巴士嗎？」

「當然不是，」瑪麗接到這個話題，立刻又恢復了生機，扭腰擺手，原地畫了小半個圓：「咯咯，是紐約法拉盛公關經理！」說到這裡，她又習慣性地停下來了，期望從我這裡得到什麼大喜過望的反應。

「哦，對不起，我想我不感興趣。」我懶洋洋地說。

「不，不，不！你會感興趣的！我懂心理學的。做我們這行的，都懂心理學。我看了你小說，我知道你性格就是那種喜歡跟人打交道、構建關係網的那種人。你要知道，我們賭場的公關經理是抽commission的，你只要能拉來一兩個豪客，馬上就發

大財了！咯咯！」

「喂，同學，」我忍住了沒有叫她「阿姨」，「妳看了最近這幾章嗎？妳該知道我對拉豪客不感興趣。不但不感興趣，還很討厭。我寧可去搞電腦，每天寫完程式後，往電腦前撲通一跪，磕頭祈求程式運行成功，也不願意去拉什麼豪客。」

「唉，小說是虛構的呀！」瑪麗歪著頭，帶著循循善誘的笑容對我說，「小說裡的你，不是現實生活中的這個你，對不對？咯咯！你小說那麼寫是對的，很好啊，人物有個性！大家都喜歡！可是算牌沒前途啊，吃了上頓沒下頓，你到我們賭場來做公關經理，工資高，待遇好，退休金、醫療保險都包！你總得為現實考慮考慮吧？」

「那不行，」我笑著說，「今天這事，我也要寫進小說裡的，要是我選擇了現實，多傷害我在小說裡苦心營造的個性形象啊。」

「啊？你要把這也寫進小說？」瑪麗有點驚喜交加，「哦，對，對，那當然！你當然會寫！那你會寫我嘍？咯咯，你會怎麼寫？」

「照實寫啊。」我說，「照現實。」

「現實？」瑪麗的眼珠飛快地轉了一輪，「哎，你不如這麼寫，你組建自己的團隊成功，在『博個大』賭場大贏特贏，

贏了好幾百萬美金，從此退隱江湖，周遊世界去了，怎麼樣？咯咯！這樣讀者看了也爽，你要將來出書的話，也賣得好，對不對？還可以再出續集，就叫《賭遍世界》！咯咯！」

我微笑著說：「我說了，我要照現實寫。這不是現實。」

「這不是現實，難道你前面的故事就全都是現實嗎？不還是虛構嗎？」瑪麗忽然察覺到自己的口氣有些急，就又咯咯笑了兩聲，「反正是虛構，不如虛構個爽的。你也為讀者想想，他們是喜歡看一個人貌似平常，其實身懷絕技，打敗賭場，抱得美金歸呢，還是一個算牌手，算了半天牌，最後什麼也沒贏到，灰溜溜地被賭場驅逐出門呢？你前面小說的調子可不是這樣的，市長那段寫得多好，驚險曲折，就是結局不太好，讀者看得正爽呢，忽然一腳踩空摔了個跟頭似的。你吊起讀者的胃口，就應該善始善終嘛！」

我嘆了口氣，拋開對這位賭場亞裔公關經理的蔑視，以和一位業餘文學愛好者進行討論的嚴肅態度說：「我開篇第一句話就說了，這是一篇練筆之作。所以它寫得比較隨意，因為我壓根就沒打算要寫出什麼來。不過至少對賭博和算牌的看法，我想我都已經說得很清楚了。要有讀者看了覺得胃口被我吊起來了，那不是我的錯，因為我又沒下這個鉤，是他自己的胃口太輕浮。」

「輕浮？」瑪麗露出難以置信的表情，「你一個作者，怎

麼能這麼說讀者呢？」

　　我懶得再說，便跳過部分敘述，來到海邊木道上。時值深秋，海灘上一個人都沒有。太陽剛偏過西去，照在身上暖洋洋的。木道上有人溜著排輪快速滑過，有人在悠閒地逛街，還有一對情侶攬腰俯在木桿上，不時笑出聲來。幾隻海鷗在旁邊咕咕叫著，時而落下來啄食地上的食物碎渣，時而飛起在空中盤旋。晴朗的藍天上，點綴著幾朵白雲、一只紅色大氣球。海面一望無際，有一艘船高張著帆，正往大海深處駛去。碧綠的海洋掀起碎白色的海浪，一層層地打在沙灘上。我忽然想起吉姆說的「算牌已經死了」的話來。

　　我想，二十一點算牌的黃金時代已經過去了（其實我從沒趕上），就像中國新詩的黃金時代在八〇年代後已過去，美國IT的黃金時代在九〇年代後已過去一樣。現在去用二十一點算牌賺錢，就像念詩去騙中國文學女青年，或者建網站去騙美國風險投資，雖不是完全不能成功，但總是有些落後於時代了。用《英雄本色》裡的話說，江湖已不再是我們的江湖，就算小馬哥復活，也難免被古惑仔們亂刀砍死。又如電視版《尼布龍根的指環》的結尾，當女武神和齊格菲一起沉入水中時，國王感慨地說：「古老的神祇們，又在今天復活了。」「不，」王后說，「諸神是在和他們一起死去。」

站在大西洋邊，海風吹過，神清氣爽，極目遠望，海闊天空。我決定就在這裡結束這篇小說。

人物結局：

珍妮：再沒見過。

學長：杳無音訊。

凱若：再沒聯繫。

學妹：畢業後回國，現為某網站CEO。

老闆：仍在費城經營中餐館。

小虎：我去探過他兩次，還有五年的刑期。

財哥：聽說已在「龍宮」坐到第四把交椅。

作家：最近出版了新作，成為國內當紅作家。

吉姆：沒有消息。對於他們這些人來說，沒有消息就是好消息。

茉莉：仍在拉斯維加斯從事她的雙重職業。

市長：據報導升到省委。

至於我，這次練筆失敗了，小說的敘述仍然乾癟乏味，毫無靈氣。然而總算也收穫了一些心得教訓，可以開始去寫《食色性也》。我想那將是比《算牌日記》好上十倍的作品，因為——

讓我們最後運用一次最簡單的數學——《食色性也》將流芳百年,而《算牌日記》大概只能流上個九到十年。

全文完

二十一點規則

1. 遊戲由玩家和莊家（即賭場的發牌員）對玩，看誰的牌面
   點數更靠近二十一點。但如果超過了二十一點，則稱為
   「爆掉」，算輸。其中花牌（J，Q，K）都算十點，A可
   以算一點，也可以算十一點，看哪種情況更有利。玩家
   之間不做比較。

2. 遊戲開始時，所有玩家和莊家各拿兩張牌，一般來說，是
   玩家兩張牌牌面朝上，莊家一張牌面朝上，一張牌面朝
   下。

3. 兩張牌的點數，肯定介於二到二十一點之間。二十一點
   只可能是一張10（包括J，Q，K，下同）和一張A，這叫
   「天成」（BlackJack，以下簡稱BJ），除非莊家也拿

到了BJ，不然贏一倍半的賭注。

4.玩家在遊戲中有如下選擇：

⑴要牌，直到他（或她，下同）認為自己的牌面離二十一點足夠近了。比如手頭的牌是4和5，加起來才九點，那麼無論再加張什麼牌，都不會爆掉，當然應該要牌。

⑵停牌，即不再要牌，比如手頭是張10和9，已經很接近二十一點了，就不用再要牌了。

⑶加倍，即加一倍賭注，再要且僅要一張牌。比如手頭是張4和7，這時要牌是肯定安全的，而且很可能拿到10或者其他點數較大的牌，一張就夠了，值得加倍。這只能在剛拿到兩張牌時使用，要過牌後就不能加倍。

⑷分牌，即拿到兩張點數相同的牌時，可以加一份賭注，把牌分為兩份，比如手頭是兩張8，加起來是16，非常糟糕的點數，這時就應該把牌分為兩個8，再要兩張牌來，很可能拿到10形成18點，就把壞牌變成好牌了。

⑸保險，即在莊家亮著的牌是A時，由於他拿到BJ的機率很大，玩家可以下賭注一半的保險。如果莊家沒有拿

到BJ，保險金就輸掉了，如果莊家拿到了BJ，付給玩家兩倍保險金。很多玩家在自己拿到BJ的情況下，會下賭注一半的保險，以保證自己能贏回一倍賭注，因為如果莊家沒有BJ，那他能贏賭注的一倍半，去掉輸掉的半倍保險，還贏一倍賭注；如果莊家有BJ，那他們牌面打平，但保險能賺回一倍賭注。

(6)投降，這時只輸一半賭注。如果自己的牌是10和6，莊家亮著的牌是A，那還是趁早投降好。

5. 莊家在手頭的牌是A時，會問大家是否要買保險，然後檢查自己的牌是否BJ。如果手頭的牌是10，也會檢查是否BJ，但這時玩家就不能買保險了。

6. 如果玩家要牌爆掉，算輸，莊家當場收掉他的賭注。

7. 當所有的玩家都做出選擇後，莊家的玩法是固定的：亮出底牌，如果點數不到十七點，則必須要牌，直到超過了十六點或爆掉為止。

8. 如果雙方都還沒有爆掉，則更接近二十一點的那個勝，如果雙方點數相同，則算打平。

在這些基本規則之上，各地的賭場還會有些變動，比如有的賭場在軟十七點（A算十一點時的點數稱為「軟」，比如A和6，就是軟十七點）時停下，有的則必須繼續要；有的賭場連續

分牌最多只能有四次，有的可以無限分下去；有的A分牌只能一次；有的賭場分牌後不許加倍；有的賭場不許投降等等。

還有些變種的二十一點遊戲，比如「雙亮」（Double Exposure），就是莊家的兩張底牌都亮著，但如果雙方點數相同，算莊家贏。又如帶大小鬼（Joker）的二十一點，莊家拿到鬼牌得扔掉，玩家拿到鬼牌卻可以指定它的點數，比如湊成十一點，或者當A用等等。

〈附二〉

二十一點基本策略

　　規則為：莊家在軟十七點時停止、無限分牌加倍、允許投降。

　　為了方便分析，我們先假設五十二張牌出現的概率始終相同，也就是說每張牌都是從一個無窮多副牌組成的牌盒裡抽出來的，或者說前面出過的牌不影響後面的牌，換句話說，每張牌相互之間都是獨立的。

　　首先，一個明顯的結論是，每個點數出現的概率都是1/13，除了10出現的概率是4/13。這樣，如果莊家的亮牌是A，他實際拿到BJ的可能性是4/13，拿不到的可能性是9/13。玩家投保險，保中了的回報是雙倍保險金，沒中的話輸掉保險金，因此總預期收益是：

$$\frac{4}{13} \times 2 + 9 \times \frac{1}{13} \times (-1) = \frac{1}{13}$$

也就是說，從概率上講，投保險是得不償失的，平均13次保險中，贏4次，輸9次，莊家占7.7％的優勢。所以，永遠不要買保險。

在二十一點中，玩家最大的劣勢來自於，如果玩家的牌爆掉的話，賭注當場輸掉，哪怕莊家隨後也爆掉。因此，如果玩家模仿莊家的玩法：十六點或以下要牌，十七點或以上停住，必輸無疑。

為此賭場在遊戲裡加入了各種功能：分牌、加倍、投降、玩家拿了BJ後贏一倍半，以吸引賭客。如果用正確的玩法，可以把莊家的優勢縮小到0.5％。這就是所謂「基本策略」。

在上述規則下，基本策略為：

莊家：2 3 4 5 6 7 8 9 10 A
玩家：
≦8 H H H H H H H H H H
9 H D D D D H H H H H
10 D D D D D D D D H H
11 D D D D D D D D D H

12 H H S S S H H H H H

13 S S S S S H H H H H

14 S S S S S H H H H H

15 S S S S S H H H R H

16 S S S S S H H R R R

≧17 S S S S S S S S S S

其中H表示「要牌」（Hit），S表示「停牌」（Stand），D表示「加倍」（Double down），R表示「投降」（suRrender）。

以上的點數都是所謂「硬點數」，即不包括A或A算一點，以後如果不特別指明，各點都指「硬點數」。手中有A，而且A算十一也不會爆掉，就是所謂「軟點數」，應該運用下面這個表格：

莊家：2 3 4 5 6 7 8 9 10 A

玩家：

13 H H H D D H H H H H

14 H H H D D H H H H H

15 H H D D D H H H H H

16 H H D D D H H H H H

17 H D D D D H H H H H

18 S DS DS DS DS S S H H H

≧19 S S S S S S S S S S

D和DS都表示加倍，在不可以加倍的情況下，D表示要牌，DS表示停牌。

最後是分牌策略：

莊家：2 3 4 5 6 7 8 9 10 A

玩家：

A,A P P P P P P P P P

2,2 H H P P P P H H H H

3,3 H H P P P P H H H H

4,4 H H H P P H H H H H

5,5 D D D D D D D D H H

6,6 H P P P P H H H H H

7,7 P P P P P P H H H H

8,8 P P P P P P P P P P

9,9 P P P P P S P P S S

10,10 S S S S S S S S S S

其中P表示「分牌」（sPlit）。

這三張表並不難背，因為裡面有許多規律，最顯著的就是
有個分界線，橫亙於莊家亮牌是6點和7點之間。6點以下是莊
家的壞牌，比較容易爆掉，對玩家有利，7點以上則對玩家不太
利。我寫了個小程式，算了下莊家的各個亮牌所可能導致的最終
結果的百分比：

亮牌 2 3 4 5 6 7 8 9 10 A
17: 13.9 13.5 13.0 12.5 16.8 37.0 12.9 12.0 11.1 13.0
18: 13.4 12.9 12.5 12.1 10.9 13.9 35.9 12.0 11.1 13.1
19: 12.8 12.4 12.0 11.6 10.3 8.0 12.9 35.1 11.1 13.1
20: 12.1 11.8 11.4 11.0 9.9 7.6 7.0 12.0 34.3 13.1
21: 11.4 11.2 10.8 10.5 9.4 7.0 6.6 6.1 11.2 36.2
爆掉: 36.4 38.3 40.3 42.2 42.8 26.4 24.6 22.8 21.2 11.5

由此再來看基本策略，就很好理解，也很好背了：

1.十一點或更小時，總可以要牌，如果九點時莊家亮牌是3

到6，十或十一點時莊家亮牌比自己差，還可以加倍。

2.十七點或更多時，總該停住。

3.十二點到十六點間，如果莊家亮牌是6或更小，就該停住，不然就該要牌。唯一的例外是十二點對莊家亮牌2和3時也該要牌。另外在自己拿到十六點而莊家是9、10、A，或自己拿到十五點，而莊家是10時，應該投降。

對於嫌麻煩的人，記住以上三點，就已經夠了，因為這張表涵蓋了大多數情況，拿到A和兩張同樣點數的牌的可能性不是那麼大。但是如果想少輸點錢，還是必須把後兩張表也背下來。好在它們也很有規律，比如軟十三到十八點對莊家6或更小的亮牌時，可以考慮加倍，其判斷梯形為：不太有把握的軟十三、十四點只對莊家的5、6加倍，軟十五、十六擴展到莊家的4，軟十七、十八則擴展到3。

二十一點算牌法

　　二十一點能夠算牌，是因為我們在討論「基本策略」時提出的一個假設不成立：

　　假設五十二張牌出現的概率始終相同，也就是說每張牌都是從一個無窮多副牌組成的牌盒裡抽出來的，或者說前面出過的牌不影響後面的牌，換句話說，每張牌相互之間都是獨立的。

　　顯然，不可能有這樣的由無窮多副牌組成的牌盒，前面出過的牌總會影響後面的牌。在算牌法剛出現的時代，賭場仍然使用一副牌來玩二十一點，那麼這個影響就更明顯。比如，發牌員發出牌來，你拿到兩個10（包括 J、Q、K），莊家亮牌也是10，翻出底牌來還是10，那麼下一輪裡10出現的概率已不再是 $\frac{4}{13}$，而是 $\frac{12}{48}$，即 $\frac{1}{4}$，略低於 $\frac{4}{13}$。同樣的，其他點數出現的概率也已

不再是$\frac{1}{13}$，而是$\frac{1}{12}$。

　　像輪盤賭這類遊戲，每次輪盤轉出什麼結果，和上一次完全沒有關係。還有牌九這類遊戲，每玩過一輪，就重新洗牌。這些遊戲裡，每把賭博之間都是互相獨立的。而二十一點的各把之間，在重新洗牌之前，不是獨立的。前一把出現了什麼牌，會影響到下一把。因此，如果我們能記住前面出過什麼牌，就能大致預測以後的賭局走勢，從而調整自己的賭注，在對自己有利時下大注，在對莊家有利時下小注或不下注，就能在這個遊戲裡占到優勢。

　　UCLA的數學教授愛德華・索普（Edward Thorp）在六〇年代初發明了二十一點算牌法。他注意到，如果二十一點裡10出現的概率增高，對莊家是不利的，因為莊家在十六點及更低時必須要牌，10越多，就越容易爆掉，而對玩家來說，則更容易拿到BJ，贏一倍半的錢。所以他用一種「算10法」（10-Count），計算剩下的牌中10的比例。正常情況下，這個比例應該是$\frac{4}{13}$，莊家占優勢。但當前面出掉很多小牌，10的比例達到$\frac{1}{3}$時，優勢就轉移到玩家這邊來了。

　　索普的運氣不錯，那時電腦也發明出來了，他找到IBM公司裡的朋友，寫了個程式來驗證自己的算牌方法。那時的電腦跟今天比起來，還是速度低下、體積龐大的蠢物，足足運轉了七天七

夜，終於證明了這個方法是可行的。索普又自己到賭場裡親自實踐，結果果然大贏特贏。

一九六二年他出版了《打敗莊家》（Beat the Dealer）一書，向公眾介紹了自己的算牌法。這不再是我們慣見的蘿蔔賭經，而是有數學基礎的方法，因為它在不同的贏牌概率P（i）時下不同的賭注B（i），雖然整體勝利概率之和ΣP（i）仍然小於$\frac{1}{2}$，但只要在P（i）大時下大的B（i），P（i）小時下小的B（i），就能使總回報ΣR（i）P（i）大於ΣB（i）。

「算10法」比較難操作，需要極高的心智和注意力。好在群眾的智慧是無窮的，算牌手們沿著索普指定的方向走下去，已經把算牌方法演進得越來越簡單實用（索普本人在六○年代後期就淡出了賭博界，帶著他在賭場贏來的大筆資金，進入股票市場，運用他的數學知識，現在已成為超級巨富）。

我使用的是一種叫「高低法」（High-Low）的算牌法。在遊戲過程中，我們把每一張出現的2，3，4，5，6都算正一點，7，8，9算零點，10，J，Q，K，A算負一點，將各點相加，結果越大，就表示前面出現過的小牌越多，對玩家越有利。反過來，如果結果是個負數，就表示前面出過的大牌比小牌多，對莊家有利。

比如前面出現的牌是：

4，9，10，5，J，A，8，10，Q，2，6，K，J，7

　　那麼點數就是4張小牌減7張大牌，是負三。當然，在遊戲過程中，你不可能叫莊家把牌局暫停，讓你從容加減。你必須在每張牌出來時，就在心裡默算點數。比如在上面的例子裡，從第一張牌出現開始，你就應該在心裡默算出：

1，1，0，1，0，−1，0，−2，−3，−2，−1，−2，−3，−3

　　在實際運用中，還可以採取兩張牌計算一次的技巧，因為莊家發牌時一般速度較快，這樣可以方便地把很多同時出現的大牌和小牌抵消不計，提高了算牌速度，減少了可能的計算錯誤。比如在上面的例子裡，如果兩張牌計算一次，那就是：

1，1，−1，−2，−2，−2，−3

　　如果是一副牌，負三已經是很糟糕的點數了，這時應該下最小注，或者停止不玩。不過一般來說，現在的賭場都使用六到

八副牌，那麼在六副牌三百一十二張牌內，發出十四張牌，還剩二百九十八張牌，平均每副牌的點數是（－3）× $\frac{52}{298}$ ＝－0.5，還算可以忍受。

顯然，在每一盒牌（「盒」（shoe）是指一盒牌從開始發牌到洗牌的過程，這一盒牌裡可能有六副、四副、八副或其他副數的牌）的開始，由於大部分牌還未發出，因此平均點數總是在零左右。要到牌盒裡剩下的牌不多時，平均點數才可能比較顯著地偏離零。所以算牌手在算牌時都會尋找合適的賭桌，一方面要找人少的桌子，因為人越少，你在單位時間內玩的次數越多，實際收益才會更逼近期望值；另一方面要找切牌少的發牌員，因為該切多少牌，賭場只有個大概的規定，具體執行還是要看發牌員個人的習慣，所以同一家賭場裡，不同的發牌員切出的牌來常會差很多。

在點數變大時，該怎麼提高賭注，每個算牌手都有自己的習慣和算度。貝爾實驗室的J. L. Kelly推導出，在理論上，如果你占A的優勢，本錢總數為R，那麼最優賭注是B＝A×R。

比如你有一萬塊錢的本錢，現在你占1%的優勢，那麼就應該在這把壓下一百塊錢。這種下注法稱為Kelly法，是在理論上可以獲得最大回報的方法。但在實踐中，Kelly法過於冒險，只可視為下注時的上限。

史丹佛·王（Stanford Wong）在《二十一點的祕密》（Blackjack Secrets）裡說，平均點數每高一點，可增加約0.5％的優勢。他是二十一點算牌界裡最有名的祖師爺級人物之一，甚至排在愛德華·索普之前，第一個進入了「二十一點名人堂」（Blackjack Hall of Fame）。我第一次看到他的名字時，還以為他是個華裔，後來在電視上看到他，才發現他是個白人老頭。史丹佛·王其實是他的藝名：他畢業於史丹佛大學，再加上「王」這個很有氣勢的東方姓氏。他對中國文化好像很感興趣，自己創辦了一家出版社，就叫Pi Yee。念念看吧：什麼？辟易？便宜？別數典忘祖了，人家這叫「牌藝出版社」！

按照他的說法，在零點時，莊家占0.5％的優勢。到了一點，雙方差不多扯平。平均點數升到二時，玩家就已經占0.5％的優勢，可以提高賭注了。如果按照Kelly法，平均點數為七時，玩家占3％的優勢，就得將自己全部本錢的3％投進去，顯然太過冒險了。

在點數為零或負數時，玩家應當下最小賭注。當然，最好是乾脆不玩，坐等點數變正。早期的那些算牌手就是這麼做的，但現在的賭場裡，從游弋在各桌間的桌面經理，到高懸在天花板上的監視器，都虎視眈眈地監視著每個賭徒的行為。如果總是點壞不壓、點好猛壓，還不如直接在臉上寫五個大字：「我是算牌

手」，說不定還暴露得晚些。

　　算牌本身並不難練，難的是和賭場的鬥智鬥勇。在《打敗莊家》剛出版時，它轟動一時，很快成為暢銷書，激勵了無數賭徒湧向賭場，一試身手。賭場對此大為恐慌，有些賭場甚至關閉了二十一點賭桌。但是，很快他們就又恢復了鎮定，因為他們發現，湧來的大批賭徒中，只有極少數人真正掌握了算牌法，其他大多數人只不過是一知半解、道聽途說的蘿蔔。索普這本書為極少數人提供了打敗莊家的方法，但對大多數人來說，實際效果卻是個二十一點的廣告，讓他們自以為也能夠在二十一點上贏錢。這是個賭場夢寐以求的廣告，是他們自己無論花多少錢都做不來的廣告。

　　在剛開始時，算牌還是個新鮮事物，沒有這方面的法律規定，開賭場的又多是黑社會，一旦發現算牌手，一律當老千處理，痛打一頓後扔到臭水溝裡。後來大家總算對算牌達成了共識：這是一項技術，是在遵守賭場規則的情況下，靠自己的聰明才智來賭博的一種方式；同時各大賭場也多被華爾街的金融巨頭接管，開始西裝領帶的管理方式，擺開堂堂之陣來賺錢，於是算牌手總算不再有人身危險，但賭場既然是人家的私有財產，就有權把某些他們不歡迎的人拒之門外。因此，對一個算牌手來說，難的不是算牌，而是如何不被賭場發現。

　　同時，賭場也巧妙地改變了規則，比如用八副牌代替一副牌，牌發到一半時就重新洗牌，不准在一局牌的中間加入賭局等等，極大地增加了算牌的難度。他們逐漸穩住陣腳後，便大開二十一點賭桌，從此二十一點就取代了「蟹賭」（Crap），成為賭場裡最熱門的遊戲。但在算牌法已經發明了四十多年後的今天，我們在二十一點賭桌上見到的，仍然大多數是蘿蔔。

數學人生觀

　　我覺得，從數學的角度看，人生和賭博、投資一樣，也是通過對各選項的概率預測，來最小化成本、最大化收益，只不過人生所追求的收益，不是金錢，而是心裡的幸福滿足感。

　　這滿足感往往被輕易地用金錢來衡量，但金錢仍然只是手段，尤其在現代社會裡，生存環境已大為改善，凍餒威脅少卻，人們的生活目的便更多地是這些或潛或明意識裡的滿足感。因此，人生比賭場和投資都要複雜得多，很難清楚地計算得失，而會牽涉到很多心理因素，個中取捨往往藏在潛意識的最深處，連選擇者也沒有意識到。

　　比如風險，每個人對風險的承受能力是不一樣的，有人小心謹慎，生怕吃虧，損失十塊錢給他帶來的傷痛，遠大於獲得

一百塊的快樂；有人則迷醉於賭博，僥倖獲得十塊錢的快感，會大於失去一百塊的懊惱。假設有一件成敗機率各半的事情，成功了獲利十倍，失敗了損失一半資產。從簡單的金錢角度看，這件事的期望回報值是四倍多，電腦會向我們強烈推薦。但由於失敗後的代價太大，心理成本極高，而成功後由於邊際效應，增加十倍的金錢並不能增加十倍的心理滿足感，所以真正會選擇做這件事的，只有性嗜冒險、放手一博的人。

從數學的角度看人生，首先必須要理解概率。大概率事件並不必然發生，而是在足夠多次重複後，該事件發生的比例趨於此概率。所以，如果上面所舉的例子中，這件事可以重複做一千次，那大概所有理智的人都會選擇它，因為重複次數越多，結果越可能趨向於期望值。

當然，人生的特殊之處，就在於時間不會倒轉，事件無法重複，因此，我們的選擇並不總符合概率分析。同理，我們根據概率分析做出的選擇，也並不能保證最好的結果，只是達到好結果的可能性更大。在單次的事件中，概率隱藏在結果下面，表面上呈現出來的，往往是運氣。

運氣在人生裡當然也極為重要，但正如孫子所曰：「多算勝少算」，有時候如果我們對環境多做點研究，就會發現很多所謂運氣因素，本來也在可控制、可預測之列。就像二十一點算

牌，本來大家都認為勝負完全隨機，但算牌手知道，當剩餘牌中大牌比小牌多時，玩家贏的機率增大。又如投資，雖然有「股票專家還不如猴子」的著名笑話，但理性的投資者在做決定前，總會想方設法了解到盡可能多的資料。

不過，要完全掌握所有訊息、參透人生，只有上帝才能做到。現代社會裡的資訊量越來越大，每個端點間的訊息互動也越來越頻繁，很可能當我們試圖掌握盡可能多的訊息時，也會撞上一個「測不準原理」，無法同時精確地獲得某些信息。因此，關於人生的精確解，我們恐怕永遠也找不到，只能用近似解來對付。數學裡有一個泰勒級數，可以模擬某點已知值附近的函數值：

$$f(x) = f(a) + f'(a)(x-a) + f''(a)\frac{(x-a)^2}{2}$$
$$+ \cdots\cdots f(n)(a)\frac{(x-a)^n}{n!} + \cdots\cdots$$

在這裡，精確到不同的項，就是不同級的近似。類似的，人生的零級近似是直接取 $f(x) = f(a)$，相當於仿效別人的做法，以為這樣便可以得到同樣的回報。這個近似當然太粗糙，至少統計樣本太小。

一級近似是看到自己和別人的差異，包括優勢、劣勢、環

境、時機等等，然後對人生這個函數做個最粗略的走勢求導（比如，錢少是劣勢，教育是優勢），再綜合起來估計自己的回報，這時 $f(x) = f(a) + f'(a)(x-a)$。

二級、三級、乃至N級近似，就要求對人生函數有更多的了解，以求出其N階導數。所謂「世事洞明皆學問，人情練達即文章」，世事越洞明，人情越練達，對人生的認識就越精確，做選擇時的預測也就越準確。當然，這裡的難度也相應地越來越大。

好在上帝也比賭場老闆慷慨仁慈，在地球的旁邊懸起一個太陽，驅動著地球上百穀成熟、萬物生長，使我們的人生不像賭場那樣是個零和遊戲，而可以把手伸到人類圈子外的大自然，達到雙贏。於是我們也不必苦苦追求高級近似，在日常生活中借鑑別人早總結出的各種近似認識應已足夠，比如諺語、書籍、常識。只是在借鑑時，我們要弄清楚它們的近似等級。比如「人性本善」、「人性本惡」，都是零級近似；「善惡兩分，黑白分明」，是一級近似；「善中有惡，惡中有善」，是二級近似；「善即是惡，惡即是善」是三級近似；再往後的「無善無惡，無無善無無惡」，在近似程度上就更高了，但恐怕已沒有實用價值，純屬學術研究。

另外，別人的經驗也有個運用範圍的問題，不能把某點的函數值模擬到離它太遠的地方去。我們聽過太多互相矛盾的經

驗，比如「大樹下面好乘涼」和「寧為雞首，不為牛後」、「先下手為強」和「後發制人」等等。這不是古人精神分裂，而是它們各有其適用範圍。至於什麼時候該用哪條，則需要我們對環境做出較精確的分析。就像兵法說不可反背水陳，又說置之死地而後生，韓信能夠靈活運用，遂戰必勝、攻必克；趙括、馬謖輩只會死記硬套，結果喪師隕命。

很多經驗裡還帶有明顯的道德褒貶，比如「識時務者為俊傑」和「寧為玉碎，不為瓦全」、「各人自掃門前雪」和「助人為樂」。人們對此往往或據義批利，或以利嘲義，其實從數學人生觀的角度看，這些互相矛盾的道德的出現，也完全正常，因為道德不過是人們在社會博弈中，為了打破「囚徒困境」而逐漸形成的一套近似解。同樣的方程式，在不同的邊際條件下會得出不同的解，那麼在不同的社會環境下，自然也該有不同的道德。

「囚徒困境」是博弈理論裡的一個經典問題，簡單地說，就是兩個共犯被分開審訊，假如一人招供（背叛），而另一人不招（合作），則前者被釋放，後者被判十年；假如兩人都招，將都被判五年；假如兩人都不招，將都被判半年。顯然，無論另一個囚徒如何動作，對這一個囚徒來說，更有利的選擇都是背叛。於是兩個人都選擇了對自己最有利的背叛，結果都被判五年，而錯過了他們其實能達到的更好結果：都合作以被判半年。

　　這裡的道德意味顯而易見：每個人都做出對自己最有利的選擇，卻不如各自讓步後的結果。老子說：天地不仁，以萬物為芻狗，我們所有人都是上帝設下的這個巨大監獄裡的囚徒，因此「囚徒困境」的例子在現實生活裡也比比皆是，從排隊、隨地吐痰，到誠信、公德，舉不煩舉。

　　由此可見，道德本是一樣有用的東西，可以讓人們更理性地認識世界，捨小利以獲大益。它的目的，是幫助囚徒們獲得相對最好的結果，而不是在囚徒身上再加一層枷鎖。孔子抱怨說：「吾未見好德如好色者也。」孟子開篇就說：「王何必曰利？亦有仁義而已矣。」但這不是我們的錯，是他們自己把仁義道德給定義成和利、色相反的東西，活該悵然看著「天下熙熙，皆為利來，天下攘攘，皆為利往」。

　　一旦環境改變，社會博弈的各種條件變了，團體的最佳選擇當然也應該跟著變。但由於人們有意無意地給道德加上了許多神聖光環，使它的很多部分都已僵化，便像佛教八寒地獄裡人身上凍出的大紅蓮花泡一樣，身受者痛苦不堪，大泡裡滿是臭汗，外人還覺得這大泡氣勢磅礡、美不勝收。僵化的原因，無非一是時過境遷，人們還死抱著過去的教條不放，比如宗族觀念；二是統治者撥弄黔首，在道德裡販賣奴隸哲學的私貨，比如忠君思想；三是積極分子無限上綱，把好好的濟世道德硬是庸俗化成不

食人間煙火的大紅蓮花泡，比如守節行為。

　　從數學的角度看道德，可以使我們更容易分清道德之真偽。真正的道德是社會自發形成的規範，可以幫助人們捨小利而獲大益，比如誠信、公德。偽道德是強加在人們頭上的規範，除了滿足少數人的自虐式作秀崇高感外，對大多數人是弊大於利，比如愚忠、守節。這種道德要求人們犧牲自己的利益，可是換來的往往要嘛是虛無飄渺的詞藻，要嘛其實是一小部分統治者的利益。

　　所以，道德不是宋儒的「天理」或者康德的星空，而只是人們在社會博弈中摸索出來的團體最優解。它的目的不是讓我們懷著崇高與神聖去仰望敬畏，而是為了讓我們獲利。假如有一項道德，施行起來損己不利人，好處卻誰也說不清楚，那這項道德就很有些面目可疑。反過來，假如有一項道德，比如誠信，是顯而易見的真道德，但大家卻越來越不遵守，那我們也不用急著責怪世人，而應當仔細檢討社會，為什麼會促使人們普遍做出違背道德的選擇。

　　英國生物學家理查德・道金斯在《自私的基因》裡，模仿「基因（gene）」提出「meme」一詞，意思是人類文化、社會、行為上的基因。各種不同的meme，和自然界蓄盛繁雜的生物基因一樣，也在互相競爭、傳播、滅絕、變異。講誠信和

不講誠信這兩個meme，顯然各具其生存優勢，本應和生物界裡的基因競爭一樣，基本維持在一個統計上的動態平衡，比如80％的人講誠信，20％的人不講。如果一個社會裡越來越多的人不講誠信了，那肯定是社會環境發生了變化，使不講誠信的meme更適合生存。這時要想使人們講究誠信，不能靠把誠信入高考作文——古人也曾配菜似地變著花樣用聖賢之言給八股文命題，結果秀才們又有幾個真遵循了聖賢之言呢？——而得靠改變社會環境，比如完善商業信用系統、政府誠信以身作則。

所以，道德問題的根本不在於人心，而在於社會。社會恆變，而人心千古不變。老百姓不比士大夫們傻，更不道德低下，只要有好的規則，他們馬上就能找到新的最佳個人和團體策略，於焉建立起新的道德體系。不然的話，在極不公平的制度下，一方已經選擇了背叛，誰還有道德勇氣可以要求老百姓仍然選擇合作？這時還有臉來指責世風墮落、道德敗壞的積極分子，我看他不是糊塗已極，就是權力幫兇。

因此，當我們遇到一個道德問題時，不要馬上跳出來作勢表態，而應當先把問題分析清楚：這道德真能使人獲利嗎？促使人們不講這道德的原因是什麼？國內學者李子暘說過：「社會的根本問題，始終是知識不足的問題。社會的真實進步，也只有奠基於知識的切實增長。」知識破除迷信，它告訴我們生病不是因

果報應，也告訴我們同性戀不等於愛滋病，還告訴我們追求經濟平等只會導致共同貧窮。由於知識也擠壓美感，因此很多人不喜歡它，但只有對一個問題了解越多，我們才越可能使社會在這個問題上讓更多的人獲利——也就是更道德。

「道德重建」如今是個熱門話題。在我看來，道德重建的基礎，應當是對問題的分析、對各方利益得失的計算，但其實如今大部分提案仍然沒擺脫造神運動的模式。我們曾造過很多神，從以前的忠君、天命，到後來的人民、歷史必然，都很不體面地失敗了。「不證自明」、「不容置疑」，這些都是神的屬性，道德到了這個地步，都不可能是社會博弈形成的互利規則，而必然是造神的結果。

巴斯葛說：「我們全部的尊嚴包含在思想中⋯⋯因此我們得好好地思想：這即是道德的要義。」不經思想便大發議論，本身即是不道德。這種行為，尤其多見於我們的教育和媒體。他們的言論嚴重僵化，只會重複聖人的老調、大人的指示，在不同的環境裡刻舟求劍，將各異的個人削足適履。他們對世界的描繪的近似程度極其低下，只有「真善美」之類的模糊字眼，稍站近些看時，便在現實面前顯得粗糙可笑。他們的材料取樣還有嚴重的系統偏差，對某一部分社會現象的重視到了肉麻乃至無恥的程度，對另一部分則忽視到冷漠乃至殘酷的程度。

　　假如一個理科工作者，只會做課本上的習題，不會解決實際中的問題；只會用一個已知值去模擬所有的未知值，連泰勒級數都不會展開；只報告對自己有利的實驗結果，將其他結果隱瞞乃至銷毀，那我們會認為這個人工作能力低下、職業道德敗壞，定要將他開除而後快。可在輿論界，這樣的人不但不會被開除，反倒施施然成了行業主流。我無意於責怪個人，因為這是由於整個大環境的惡化，誠實、求真、同情的meme即將滅絕，虛偽、苟從、僵化才是最適合的生存方式。

　　這樣的輿論下產生的道德觀念，我們在內省自己的幸福來源時，當然也就不用理會，盡可大膽自信地面對自己本來面目。王小波最愛引一句羅素名言：「參差多態，乃是幸福之本源。」把羅子這話稍微改一下，我們也可以說，幸福來源之參差多態，乃是社會幸福之本源。如果所有人的幸福來源都只有一個，那不管它本身是多麼光明正大的高尚理想，什麼敬拜上帝虔誠贖罪、忠孝禮義信，或者解放全人類，結果總會適得其反，完完全全地適得其反。

　　當然，確實也有一些人，無須選擇，才是他們的幸福本源。我最善意的猜測是，他們缺乏自信，害怕選擇所帶來的風險，寧願讓聖人、大人來替他們做選擇，至少這樣他們在心理上不會懊惱，或者就算懊惱也可以用崇高感來掩蓋。我想，對於他

們來說，人生是苦旅、虐旅，是贖罪之旅、修煉之旅。我尊重他們的選擇，畢竟這也是參差多態的幸福來源之一種，但我更願把人生當成一次在參差多態的幸福中選擇的數學樂旅。

想要參差多態，唯有減少束縛。奧坎的威廉提出過一個原則，叫「如無必要，勿增實體」，科學界稱之為「奧坎剃刀」，用它來剃掉理論中多餘的假設。在我看來，道德觀念也很應該用這把剃刀來剃一下，把上帝、天理、無私、崇高之類的噱頭都剃掉，剩下兩條原則便已足夠：能使大家獲利就好，不損害別人就不壞。其餘的空間屬於我們自己。

因此，我們在幸福感的來源上，只要不害別人，盡可兼收並蓄。可以特立獨行，也可以追逐流行，可以斤斤計算、天天向上，也可以隨興所致、不求上進，可以「走自己的路，讓別人說去吧」，也可以虛榮愛面子、用別人的眼光評判自己，還可以時而這樣、時而那樣，乃至同時並行不悖。也許有人會說這不義、不智、乃至精神病，但我們有權不明智，有權選擇不理性的幸福來源。《聖經》裡有個比喻，叫「失去了鹹味的鹽」。我寧可不要那些甜蜜和芳香，也不願失去自己的味道。